난민 소녀 리도희

초판 1쇄 펴냄 2017년 2월 28일
    13쇄 펴냄 2024년 5월 16일

지은이 박경희

펴낸이 고영은 박미숙
펴낸곳 뜨인돌출판(주) | 출판등록 1994.10.11.(제406-251002011000185호)
주소 10881 경기도 파주시 회동길 337-9
홈페이지 www.ddstone.com | 블로그 blog.naver.com/ddstone1994
페이스북 www.facebook.com/ddstone1994 | 인스타그램 @ddstone_books
대표전화 02-337-5252 | 팩스 031-947-5868

ISBN 978-89-5807-628-5 03810

난민 소녀
리 도 희

| 박경희 지음 |

뜨인돌

일러두기 요즘, 우리나라의 지방 아이들도 그 지방 고유의 사투리를 잘 쓰지 않는 것처럼 현재의 북한 아이들도 북한 지역의 사투리를 잘 사용하지 않습니다. 실제로 탈북 청소년들은 북한 사투리를 잘 쓰지 않는 편이며, 쓴다 해도 어조만 다를 뿐 우리나라 표준어와 다른 부분이 별로 없었습니다. 이 책에 사용된 인물의 어투는 이 점을 감안해 작가가 쓴 것입니다.

차례

프롤로그

붉은 배낭을 메고

"이렇게 사람이 바글거리는데 어드레 논설 동지를 만난다지……."

엄마는 자라목을 한 채 두리번거리며 혼잣말로 중얼거렸다.

북경 역사는 삼삼오오 모여 떠드는 사람들로 북적댔다. 나는 불안한 눈으로 주위를 살폈다. 검은 정장을 입은 여자가 나를 뚫어지게 바라보았다. 눈빛이 마주치자 온몸에 전율이 흘렀다. 얼른 여자의 눈을 피해 엄마의 팔짱을 끼었다. 최대한 자연스럽게 하려고 해도 어색했다. 촌스러운 엄마의 옷차림 때문에 눈치챌까 봐 불안했다. 어디선가 완장을 찬 공안이 나타날 것만 같았다. 숨쉬기조차 힘들 만큼 긴장되자, 나를 여기까지 끌고 온 엄마에게 은근히 부아가 났다. 나는 어깨에 메고 있던 배낭을 벗으며 투덜댔다.

"불안해 견딜 수가 없습네다. 내래 지금이라도 돌아가갔시오. 나 혼자서는 비행기 절대 못 타겠습네다."

엄마가 내 입을 막았다.

"지금까지 내래 헛소리한 줄 아는 거네? 갓난쟁이처럼 생떼를 부리는 이유를 모르갔네! 엄마는 여기 남아서 아빠를 기다려야 한다고 얼마나 더 말해야 알아먹겠네? 열일곱 살이나 먹은 에미나이가……."

엄마가 최대한 목소리를 낮추어 냉정하게 말했다.

"죽어도 엄마와 같이 죽고 싶습네다. 내래 혼자 갈 자신이 없다고요."

"쉿, 입 닥치라우."

평양을 떠나 두만강을 건너서 북경까지 오는 내내 수없이 들은 말이다. 나도 중국 공안에게 잡히면 끝장이라는 것은 알고 있다. 그래도 엄마의 마음을 돌리고 싶었다.

"우리 다시 고향으로 돌아가자우요."

"날래 저기 좀 보라우."

카키색 제복에 붉은 완장을 찬 남자 두 명이 어슬렁거리며 이쪽으로 걸어오고 있었다. 엄마가 내 손을 끌고 화장실로 갔다. 다행히 사람이 별로 없었다.

엄마가 억센 손으로 가슴을 치며 말했다.

"캐나다 비행기는 아무나 탈 수 있는 게 아니라 특별 대우라고 몇 번을 말했는데. 그리 애간장을 태우는 이유가 뭔? 딴생각 말고 단단히 준비하라우."

엄마는 단호했다. 내가 무슨 말을 해도 소용없다는 걸 느꼈다.

"정말로 캐나다만 가면 난민 신청이 가능한 검네까?"

"걱정 말라우. 비싼 브로커비 내고 괜히 여기까지 온 것 아니니까니."

엄마는 나를 안심시키며 보따리를 풀었다.

"날래 이 옷으로 갈아입으라우! 캐나다에 가서 입으라고 샀어야, 명품이야."

달리는 말이 그려진 연초록색 잠바였다. 엄마 입에서 나오는 '명품'이라는 말처럼 내 모습도 어색했다. 엄마는 내가 잠바를 걸치자 화장실을 나와 매표소 쪽으로 향했다. 붉은 완장을 찬 남자가 역 밖으로 나가는 게보였다. 우리는 안도의 숨을 쉬며 사람들을 살폈다. 엄마는 연신 시계를보았다. 나는 엄마가 기다리는 사람이 나타나지 않기를 빌었다. 그때 상고머리에 깨끈한(지저분한) 잠바를 입은 남자가 우릴 향해 오고 있었다.

"정책 논설 동지! 반갑습네다."

엄마가 환한 얼굴로 손을 내밀었다. 개발코에 옴두꺼비같이 생긴 아저씨는 엄마와 악수하며 나를 쳐다보았다.

"인사 드리라우! 아빠 후배 동지. 널 캐나다로 보내 주시는 고마운 분이야."

아저씨는 아빠와 같이 로동 신문사에 근무하다 도강한 뒤, 지금은 국경선 일대에서 비밀스러운 일을 한다고 했다. 동포를 구하는 일이라며엄마는 입에 침이 마르도록 칭찬했었다.

"이렇게 많이 컸습네까? 처녀 티가 물씬 납네다. 자, 시간 없습네다.날래 출국 수속 밟으러 위층으로 가시라요."

아저씨가 내 손을 잡으며 말했다. 성조 심한 중국어와 악센트 강한 영어 안내 방송이 내 혼을 뺐다. 거기다 '출구'라고 쓰인 붉은 간판을 보자 숨까지 막혔다. 입에 침이 마르고 자꾸만 오줌이 마려웠다.

'진짜, 나 혼자 비행기를 타야 하나?'

아저씨가 수속을 밟는 동안 엄마도 초조한지 손을 비볐다. 잠시 후, 엄마는 내 어깨에 배낭을 메어 주고는 나를 꼭 끌어안았다.

"이거이 아빠가 러시아 출장 갔을 때 사 온 건 줄 알지? 이 배낭 안에 우리 가족의 모든 것이 들어 있으니까니 잘 간직하라우. 언젠가 아빠와 만나게 될 때까지……."

엄마는 붉은색 배낭이 보물단지나 되듯 말했다.

"긴 시간 비행기를 타는 게 고역스러울 끼야. 심심하면 영화도 보고 승무원에게 냉차 한 잔 달래서 마시라우."

아저씨의 말에 엄마가 아저씨에게 일렀다.

"동지, 난민 신청하는 방법 좀 단단히 알려 주시라요."

엄마는 곧 울 것 같은 표정이었다. 나도 눈물이 나오려는 걸 꾹꾹 눌러 참았다.

"걱정 마시라요. 여기 서류 속에 모든 게 들어 있으니까니. 밴쿠버 공항만 빠져나가면 만사형통입네. 거기 동지도 혁명 동지께 신세 많이 진 후배라요. 은혜 갚는 맘으로 따님을 챙길 거니까니."

엄마는 허리가 땅에 닿도록 인사했다.

"이거이 공항에서 동지 만나자마자 건네라우."

아저씨가 누런 서류 봉투를 건넸다. 살짝 들춰 보니 영어로 된 문서였다. 엄마도 궁금한 듯 누런 봉투를 뒤적였다.

'이 서류가 내 인생을 바꿔 놓을 종이구나.'

"이거이 이민국에서 난민 신청 재판 받는 과정에 필요한 서류야. 너는 봐도 잘 모르니까니 무조건 전하기만 하라우."

나는 아저씨가 시키는 대로 봉투를 배낭 속에 잘 넣었다.

"밴쿠버 동지한테도 브로커비를 지불했으니까니, 넌 가서 지시하는 대로 난민 인정만 받으라우! 엄마도 아빠 만나서 꼭 갈 테니 조금만 더 고생하자우."

나는 정치수용소에 있는 아빠를 두고 고향을 떠난 것도, 난민 신청을 위해 비행기를 타는 것도 마음에 안 들었다. 죽더라도 아빠와 같이 고향을 지키고 싶었다.

"나중에……. 그니까니 훗날, 엄마 마음 알 거임. 우리가 살길은 난민 신청밖에 없어야. 긴 얘기는 나중에 만나서 하자우."

엄마는 나를 꼭 안았다. 내 볼에 닿은 엄마의 눈가가 뜨거워졌다. 엄마의 따뜻한 품에서 떨어지고 싶지 않았다. 곁에서 보고 있던 논설 동지가 말했다.

"얼른 떠나라우! 중국 공안들 눈에 띄면 모든 게 물거품이라우!"

엄마가 눈물기 어린 눈으로 내 손을 잡고 뭔가를 건넸다.

"엄마가 저 후배 동지를 통해서 손전화기를 마련했어야. 내 거취가 정해지는 대로 전화할 테니까니, 잘 간직하라우! 이건 미국 달러라는 거임. 급할 때 쓰라우."

나는 엄마의 치밀한 준비에 놀랐다. 한 손에 쏙 들어오는 분홍색 전화기가 엄마와 나를 잇는 마지막 생명선처럼 느껴졌다.

"얼른 가라우!"

"엄, 마……."

나는 말을 더 잇지 못했다.

엄마는 이 모든 걸 준비하기 위해 엄청난 빚을 졌을 거다.

"그리 감상적이면 어드레 큰일을 합네까? 날래 떨어지라요!"

망을 보고 있던 아저씨는 매정하게 말하며 엄마를 보냈다. 엄마의 뒷
모습을 하염없이 보고 있는데, 안내원이 툭 치며 빨리 들어가라고 재촉
했다.

출국 검사장 앞에 섰는데 온몸이 후들거렸다. 다행히 귀동냥으로 들
었던 외눈박이 영감의 중국어가 도움이 되었다. 모든 절차를 마치고 캐
나다행 출국장 앞에 서서 창밖을 보았다. 내 마음처럼 비가 부슬부슬
내렸다. 점점 거세지는 비를 보고 있으니 지난 일들이 떠올랐다.

정치수용소로 끌려가는 아빠, 깊은 밤에 두만강을 건넜던 일, 국경선
을 넘었어도 막막했던 순간, 연길 농촌 마을에서 만난 외눈박이 영감,
북경행 기차를 타며 숨소리마저 죽여야 했던 시간들……. 모두 힘들고
아픈 순간이었다.

'이제 캐나다에 가서 난민 신청만 하면 불행 끝인가?'

엄마와 헤어지기 싫어 꼭 움켜진 비행기 표를 찢어 버리고 싶은 마음
이 일었다. 하지만 비행기 표에 담긴 우리 가족의 희망을 알기에 그럴
수는 없었다.

안내 방송이 나오고 사람들이 움직이는 걸 보니 탑승 시간이 된 것
같았다. 둥둥, 가슴에서 고동 소리가 울려 퍼졌다.

드디어 밴쿠버행 비행기에 몸을 실었다. 불안한 내 마음과 달리 의자
는 편안했고 옆에 앉은 노란 머리 아가씨는 더할 수 없이 친절했다.

1부

캐나다
|
내래 난민 신청 왔습네다!

밤새 날아온 비행기가 밴쿠버 공항에 착륙했다. 처음 타 본 비행기인데다 머리가 복잡해 한숨도 자지 못했다. 나는 배낭을 메고 사람들을 쫓아 나와 입국 심사대에 섰다. 영어에 대한 불안은 없었다. 평양의 명문 제1고등중학교에 들어가기 위해 공부한 것만으로도 충분하리라 믿었다. 거기다 당 간부 자녀들끼리 특별 지도까지 받지 않았는가.

나의 오만은 심사대에 서는 순간 와장창 깨졌다.

검은 피부의 뚱뚱한 여자가 하는 말을 한마디도 알아들을 수 없었다. 당황스러웠다. 혼자라는 게 피부에 와 닿았다. 본능적으로 두리번거렸다. 검은 얼굴, 하얀 얼굴, 황토색 얼굴 등 다양한 사람들이 스쳤다. 그들은 모두 여유로워 보였다. 표지나 광고판도 영어로 된 것들뿐이었다. 어리벙벙하게 사방을 둘러보는데 심사원인 듯한 뚱뚱한 여자가 또 뭔가를 물었다. 무슨 말인지 알아들을 수가 없어 멍하니 서 있었다. 여자는 짜증스러운 표정을 지었다. 식은땀이 나고 떨렸다.

여자는 빠른 말투로 뭔가를 또 물었다. 나는 그녀가 묻는 말을 열심히 조립해 봤다.

"What is the purpose coming to Vancouver(밴쿠버에 온 목적이 뭡니까)?"

'난민이 영어로 뭐지?'

나는 망설이다 더듬더듬 단어를 나열했다.

"Home…… Office…… from…… North Korea."

앗, 당황스러워서 나도 모르게 북조선을 밝히고 말았다.

분석하듯 내 말을 듣던 여자가 어딘가로 전화를 걸었다. 잠시 후, 제복을 입은 남자가 나타났다.

'캐나다 감옥에 감금되는 건 아니겠지? 혹시 북송되면 어쩌지?'

남자에게 끌려가는 동안 심장이 타들어 가는 것 같았다. 불현듯 조선족 브로커의 전화번호도 모른다는 사실이 떠올랐다. 누런 서류 봉투에 있을지도 몰라 찾아보려고 해도 기회가 나지 않았다.

제복을 입은 남자가 나를 작은 사무실로 안내했다. 그는 나를 위아래로 훑어보며 뭔가를 캐묻듯 물었다. 하나도 알아들을 수 없었다. 남자가 답답한 듯 자기 가슴을 치더니 어딘가로 전화했다. 한동안 침묵이 이어졌다. 좁은 사무실 안에 거친 내 숨소리만 들렸다.

한 시간쯤 지나자 나처럼 황색 피부를 가진 여자가 나타났다.

"뭘 도와줄까요?"

분명 조선말이었다. 내가 알아들을 수 있는 부드러운 목소리를 듣자

마음이 놓였다. 나는 노란 서류 봉투를 건넸다. 통역사는 한참 서류를 들여다보더니 고개를 갸웃거렸다.

"이건 별거 아닌데……. 밴쿠버에 온 이유가 뭐예요? 관광 온 것 아닌가요?"

나는 통역사가 하는 말이 귀에 들어오지 않았다. 그저 막막한 이 상황에서 나를 구해 주기만을 바랄 뿐이었다.

"내래 북조선에서 난민 신청 왔습네다! 입국 심사만 마치면 저를 도와줄 사람이 기다리고 있으니까니, 여기서 나가게만 해 주시라요. 네?"

나는 통역사의 손을 잡으며 매달렸다. 통역사는 남자와 한참 이야기하더니 내 배낭을 챙겼다. 눈치로 보아 나가도 된다는 것 같았다. 나는 뛸 듯이 기뻤다.

"원래 난민 신청을 하면 난민을 위한 임시수용소인 리버풀 등에 머물러야 하지만 밖에 보호자가 기다린다고 말했어요. 정말 별일 없는 거죠?"

나는 밖으로 나올 수 있는 것만으로도 기뻐서 고개를 끄덕였다.

"아마 이민 난민국에 출석해서 난민임을 증명해야 할 거예요. 어린 나이에 참 당차네요, 북한을 탈출해서 혼자 비행기 탈 생각을 하고. 도울 일 있으면 연락해요."

통역사가 내게 전화번호가 적힌 빳빳하고 작은 종이를 건넸다.

"고맙습네다!"

나는 인사를 하고 브로커가 기다릴 것 같아 급하게 밖으로 나왔다.

공항 로비에서 본 캐나다 땅은 별천지였다. 낯선 땅에 홀로 선 느낌이 불안하면서도 설레었다. 활발하게 오가는 사람들의 모습에서 자유가 느껴졌다. 그러면서도 내가 캐나다라는 나라에 있는 것이 꿈만 같았다.

이제 브로커 아저씨만 만나면 모든 게 형통할 것 같았다. 나는 논설 동지가 일러 준 대로 팻말을 든 남자를 찾았다. 그러나 어찌된 일인지 나를 맞이할 남자는 보이지 않았다.

불길한 예감이 스쳤다. 나는 차분히 밖으로 나와 서류를 뒤졌다. 누런 봉투 속에 전화번호가 적힌 종이가 보였다. 친절하게 전화 거는 방법까지 있었다. 엄마가 준 손전화를 꺼내어 켰다. 처음으로 써 보는 기기라 영 낯설었다. 긴장한 탓에 손까지 후들거렸다.

띠르륵, 띠릭.

신호가 갔다. 한참을 울려도 상대편에서 전화를 받지 않았다. 몇 번을 더 시도했다. 뚜, 뚜, 이상한 기계 소리만 들릴 뿐 불통이었다. 눈앞이 캄캄했다.

나는 공항 로비를 몇 번이나 오갔다. 북경 공항처럼 사람들이 많지 않고 떠드는 사람도 없었다. 차라리 사람들이 바글대면 덜 불안할 것 같았다. 분명 엄마는 밴쿠버 공항에서 만날 조선족에게 브로커비를 주었다고 했다. 다른 출구에서 기다리는 게 아닌가 싶어 모든 출구를 살폈지만 헛수고였다. 다리가 스르르 풀렸다.

나는 의자에 앉아 오가는 사람들을 살폈다. 가만히 보니 비행기가 올 때마다 마중 나온 사람이 달랐다. 브로커가 비행기 시간을 착각했을까 싶어 한참을 기다렸지만 내 이름의 팻말을 든 사람은 보이지 않았다.

서서히 땅거미가 몰려왔다. 불안해서 견딜 수가 없었다. 멀고 먼 나라까지 와서 미아가 되다니. 국경선 일대를 헤맬 때도 막막하긴 했지만 엄마가 있어서 괜찮았다. 지금은 나 혼자다. 망망대해에 홀로 떠 있는 것처럼 무서웠다.

'어디로 가야 하나!'

다시 전화를 걸었지만 여전히 불통이었다. 사람들이 쏟아져 나오는 출구마다 달려가 살폈지만 소용없었다.

공항 밖의 조명등이 하나둘 켜지기 시작했다. 다시 공항 로비를 배회했다. 출구로 나오는 사람이 점점 뜸하더니 정적이 감돌 만큼 고요했다.

'사정이 생겼을 거야. 기다리면 오겠지.'

나는 밤을 새울 만한 장소가 있나 살폈다. 긴 의자에 눕고 싶었지만 사람들 눈에 띄면 복잡해질 것 같아 화장실로 향했다. 화장실 거울에 비친 내가 낯설었다.

"너는 누구니?"

나도 모르게 거울 속의 여자에게 물었다.

'엄마도 없는…… 국제 미아, 떠돌이, 도망자, 난민.'

울컥했다. 청소부인 듯한 흑인 여자가 나를 흘끔거렸다. 쫓겨날까 봐 고개를 숙인 채 화장실 안으로 들어갔다. 그 후로도 몇 번 청소부가 들락거렸다. 그들을 피하다 보니 새벽이 되었다. 공항 전체가 잠든 듯 고요했다. 나는 구석에 있는 의자에 앉아 눈을 붙였다. 까무룩 잠이 들던 차에 웅성거리는 소리가 들렸다. 새벽 비행기를 타러 온 사람들인 듯싶었다. 나도 저들을 따라 엄마가 있는 곳으로 다시 가고 싶었다. 그럴 수 없는 처지라는 걸 깨닫자 퍼뜩 정신이 들었다.

다시 게이트 앞을 기웃거렸다. '늦어서 미안하다'는 말을 건네며 브로커가 나타나기를 기대했다. 헛수고였다.

'아, 하얀 종이!'

얼른 가방을 열어 종이를 꺼냈다. 통역사에게 전화를 했다. 신호가 열 번 넘게 울리도록 받지 않았다. 실망해서 끊으려는 순간 전화기 너머에서 소리가 늘렸다.

"헬로."

분명 통역사의 목소리였다.

"어제…… 공항에서 만난……, 북에서 온 리도희입네다. 난민 신청하러 온 사람…… 리버풀인가…… 거기 좀 알려 주시라요!"

"누가 마중 나온다고 하지 않았나요?"

"브로커에게 사기 먹은 것 같습네다. 도와주시라요. 내래 공항서 꼴딱 새웠습네다."

"기다리세요. G번 출구 앞으로 갈게요."

통역사를 기다리는 한 시간이 열 시간처럼 길었다. 그래도 그녀가 내 눈앞에 보이자 만세라도 부르고 싶었다. 나는 지금까지 있었던 일을 숨 쉴 새 없이 털어놓았다. 브로커에게 사기당한 것 같다는 말을 할 때는 울먹이고 말았다. 내 말을 듣던 통역사는 심각한 얼굴로 어딘가에 연락했다.

"리버풀이 여기서 멀지 않아요. 그런데 지금 난민 문제가 국제적인 이슈라서 리버풀에서도 입장이 곤란한 것 같아요. 아무튼 가 봅시다."

이슈라는 말도 그렇고 모든 말이 생경했다. 그래도 통역사를 따를 수

밖에 없기에 찰거머리처럼 달라붙었다.

"잘 될 거예요. 너무 걱정 마세요."

키와 몸집이 작은 통역사가 거인처럼 느껴졌다. 내게 그녀는 밧줄과
도 같았다. 통역사는 나를 자기 차에 태우고 리버풀로 향했다. 그녀는
나를 안내원에게 소개한 뒤 자초지종을 설명했다. 통역사의 영어 실력
에 감탄하면서 그녀가 내 곁에 오래 있기를 바랐다. 다행히 그녀는 내가
심문을 받는 동안 통역을 맡아 주었다.

"일단 심사를 거쳐서 난민으로 인정할지 결정할 거예요."

그녀의 말이 끝나자 곧바로 인터뷰실로 들어갔다. 심의가 시작되었
다. 뿔테 안경을 낀 심사위원이 깐깐한 얼굴로 나를 바라보며 뭐라 말
했다. 나는 단어 몇 개 외에는 알아들을 수 없었다. 그녀가 통역해 주
는 것이 눈물겹게 고마웠다.

"이름과 나이를 말씀해 주십시오."

"열일곱 살, 리도희임네다."

"어디서 왔습니까?"

"내래 북조선인민공화국에서 왔습네다."

"북한에서 살았다는 증거를 무엇으로 댈 수 있습니까?"

"아빠가 〈로동 신문〉 기자였습네다. 정치적인 이유로 숙청되면서 요덕
수용소에 수감된 것까지 기사화되었습네다. 딸인 제 이름도 나왔습네
다."

"왜 하필이면 캐나다에 와서 난민 신청을 합니까? 동족인 대한민국으
로 가면 이런 복잡한 절차를 밟지 않아도 되는데."

"내래 평양에서 도강한 뒤, 연길에 잠시 머문 적이 있습네다. 그때 남조선에 내려가 사는 탈북자에 대해 들었습네다. 남조선에서 핍박받는 동포가 많다면서 엄마는 내가 캐나다에 난민 신청하는 것이 최적이라 했습네다. 캐나다는 저와 같은 탈북자에게 기회의 땅이라고 생각해서 왔습네다."

내 생각이 아니라 엄마가 주입시킨 말을 앵무새처럼 읊조렸다.

"가족 없이 혼자 왔습니까?"

"평양에서 두만강을 같이 건넌 엄마는 지금 중국 연길에 있습네다. 수용소에 있는 아빠를 기다린다고 하셨습네다."

"캐나다에서는 북에서 고위층으로 살던 사람이나 그 자녀는 난민으로 인정받기 어렵다는 것 모르셨나요? 난민은 말 그대로 생활이 곤궁한 국민, 전쟁이나 천재지변으로 곤경에 빠진 이재민을 말합니다. 리도희 양은 난민 신청 조건에 그리 적합한 것 같지는 않네요. 좀 더 조사해 봐야겠지만……."

심의관이 안경을 추어올리며 말했다. 내가 무슨 말인지 몰라 멍하니 있자, 통역사가 천천히 설명해 주었다. 억이 막혔다. 아빠가 북조선에서 기자였다는 것이 걸림돌이 될 줄은 꿈에도 몰랐다. 통역사도 놀란 모양이었다.

"황당하네. 탈북자가 캐나다에서 난민 신청을 하는 경우도 드물지만 고위층에 있던 탈북자는 처음이라……. 암튼 면밀히 심의해 본 다음에 결정하겠다네요."

통역사의 말이 무슨 뜻인지 알 수 없었다. 솔직히 나는 국가, 영주권,

국적 취득이라는 말에는 관심이 없었다. 그저 엄마가 이끄는 대로 여기까지 왔을 뿐이다.

"네가 남조선으로 내려가면 아빠가 더 반동분자로 몰려 곤란해질 게 뻔하다우. 캐나다에서 난민 신청만 받으면 모든 게 풀린다니까, 너 먼저 캐나다 영주권을 얻은 뒤에 엄마 아빠를 초청하라우. 언젠가는 우리가 뭉쳐 살게 될 날이 올까라우. 너도 큰 나라에서 맘껏 공부할 수 있고. 난민 신청만이 우리가 살길이라우."

무지에서 온 현실치고는 억이 막혔다. 하지만 엄마의 말을 심의관에게 할 수는 없었다.

'진짜로 국제 미아가 된 셈인가……'

길가에 버려진 갓난쟁이 같은 기분이 들었다.

"힘내요. 길은 가다 보면 생기게 마련이니까. 일단 여기에 머물러야겠네요."

통역사가 내 어깨를 두드리며 말했다. 그러곤 들어왔던 문으로 사라졌다.

다시 혼자가 되었다. 넋 놓고 서 있는데 정장 차림의 남자가 따라오라고 손짓했다. 나는 쭈뼛거리며 남자의 뒤를 따랐다. 사무실같이 생긴 건물 안을 한참 걷던 남자가 말없이 좁은 방을 가리켰다.

나를 방으로 들여보낸 뒤, 정장 차림의 남자는 어딘가로 사라졌다. 영어로 뭐라고 떠드는데 알아들을 수가 없었다. 눈치로 보아 부를 때까지 가만히 있으라는 것 같았다.

나는 배낭을 챙겨 구석에 자리를 잡고 앉아 주위를 보았다. 맞은편에 피부가 까만 사람들이 옹기종기 모여 있었다. 어린아이부터 어른까지 있는 걸로 보아 가족인 것 같았다. 두만강 일대에서 본 꽃제비처럼 머리가 부스스한 아이도 있고 넝마를 걸친 아저씨도 있었다.

'내 모습도 저렇게 추레할 거야.'

서글픈 생각을 지우기 위해 눈을 감았다.

사람들이 연신 말을 해댔다. 처음 듣는 말들이 좁은 공간에 울려 퍼져 잠을 잘 수가 없었다. 밤새 뒤척이다 잠이 들었지만 몸은 더욱 피곤했다. 창문으로 비쳐 든 미명에 눈을 떴다. 맞은편의 난민 가족들은 세상모르고 잠을 자고 있었다. 힘들어도 가족과 함께 있는 그들이 부러웠다.

리버풀에서 한 일이라고는 시간 맞춰 주는 빵과 우유를 먹는 일뿐이었다. 딱딱한 빵을 넘기는 건 고역이었다. 거기다 우유를 먹으면 배탈이 났다. 종일 말 한마디 못 하고 가만히 있으니 입에서 단내가 났다.

'여기서 혼자 죽는 게 아닐까? 어디서부터 잘못된 것일까?'

말이 통하지 않으니 온 세상이 암흑이었다.

끼니를 주는 사람들에게 나가게 해 달라고 손짓 발짓하며 떼를 썼다.

"Help Me. Go Out."

이 말만 되풀이한 채 일주일을 보냈다.

어느 날, 사무실로 불려 간 나는 통행증 같은 것을 받았다.

"This is issue you a replacement passport(이것은 임시로 주는 난민증입니다)."

임시수용소에서 가장 많이 들은 말이 'passport'라 무조건 받아 챙겼다. 이게 있어야만 캐나다에서 살 수 있는 것 같았다. 나는 짐을 챙겨 밖으로 나왔다.

'내가 오갈 데 없는 처지가 된 걸 엄마는 알기나 할까?'

캐나다행 비행기만 타면 되는 줄 알았을 엄마가 원망스러웠다.

'이제 어디로 가나?'

땅거미가 내려앉자 마음이 조급해졌다. 버스를 타고 시내로 들어왔다. 대부분 영어 간판이었지만 처음 보는 글자로 된 간판도 많았다. 상점 앞을 지나는 다양한 사람들이 여유롭게 걷거나 쇼핑을 했다. 거리 한복판에 집채만 한 대형 시계가 보였다. 거기에서 뿌우, 하며 웅장한 소리가 났다. 신기해서 시계를 한참 보는데 시간을 돌릴 수 있다면 평양으로 돌아가고 싶은 마음만 들었다. 체념 뒤에 오는 무기력이 안개처럼 스며들었다.

'마음이 더 무너지기 전에 움직이자.'

스스로를 채찍질하며 걸었다.

'이렇게 밤새 걷다 보면 새벽이 오겠지. 엄마는 지금 무얼 할까?'

휘적휘적 하염없이 걷다 보니 밤이 깊었다. 다리도 아프고 허기도 졌다. 길거리 의자에 앉아 멍하니 거리를 살폈다. 어디론가 급히 가는 차량과 나처럼 배낭을 멘 여행객뿐 거리는 한산했다.

잘 만한 곳을 살폈다. 엄마와 함께 연길역 근처에서 노숙하던 생각이 나 골목을 찾아 나섰다. 걷고 또 걸었다. 내 몸 하나 쉴 곳이 없다는 게 서러웠다.

발바닥이 아플 만큼 한참을 걸은 뒤에야 작은 공원이 나타났다. 의자가 보여 그곳에 배낭을 내려놓았다. 밤이 깊을수록 찬 기운이 올라왔다. 온몸이 저릿저릿 마비되는 것 같았다. 일어나 기지개를 켜는데 자전거를 타고 공원을 도는 남학생이 보였다. 나처럼 황색 피부의 남자였다. 반가웠다.

"잠깐만요!"

나도 모르게 말을 붙였지만 자전거 소년은 번개처럼 사라졌다. 아쉬운 마음에 한참을 서서 소년이 지나간 자리를 바라보았다.

의자에 앉아 눈을 감았다. 몸은 땅속으로 꺼질 듯 피곤한데 잠이 오지 않아 뜬눈으로 밤을 새웠다. 새벽이 되자 동이 터올랐다.

'어디로 가지?'

잔뜩 웅크린 채 궁리하는데 늙수그레한 남자가 청소 도구를 들고 다가왔다. 남자가 날 바라보았다. 흡, 나도 모르게 숨을 죽였다.

"What are you doing here(여기서 뭘 하고 있나요)?"

청소부의 말은 대충 알아들을 수 있을 것 같았다.

'갈 곳이 없어요.'

이 말을 하고 싶지만 영어를 몰랐다. 남자가 뭐라고 떠들며 손짓했다.

'이러다 경찰에 신고하면 북송되는 거 아닐까?'

겁이 나 배낭을 들고 도망치듯 공원을 빠져나왔다.

'여기는 캐나다야. 중국 공안들처럼 나를 북송시키지는 않을 거니까 리도희, 안심해.'

두려움을 다독이며 걸었다. 다시 공원에 갈 수 없어 동네 골목을 돌아다녔다. 넝쿨 담벼락의 집은 운치 있고, 마당에 나무가 가득한 집은 들어가 보고 싶기도 했다. 한참을 걸으니 먹자골목 같은 곳이 나왔다. 음식 냄새가 솔솔 풍기자 배가 고팠다. 허기진 배를 움켜쥐고 갖가지 음식 사진이 걸린 골목을 기웃거리는데 눈에 띄는 게 있었다.

마포갈비 명동칼국수 서울불고기 산수갑산 아리랑

분명 한글로 된 간판이었다. 몸에 힘이 생겼다. 눈을 씻고 다시 보았다. 사막에서 오아시스를 만난 기분이랄까. 보이지 않는 정령이 날 도와주는 것 같았다.

밴쿠버 속의 고향 음식점 아리랑

마음에 닿는 이름이었다. 배낭을 단단히 메고 음식점 안으로 들어갔다. 식당은 밖에서 봤던 것보다 훨씬 넓었다. 나는 주방을 기웃거렸다. 몇 사람이 나를 힐끗거리더니 잠시 후, 개량 한복을 입은 남자가 나왔다. 꽁지머리를 한 모습 또한 독특했다.

"저…… 사장님이십네까?"

"그런데?"

꽁지머리 아저씨는 자리에 우뚝 서서 나를 보았다.

"내래 평양서 난민 신청하러 왔습네다. 제 사정 좀 들어 주시라요!"

나는 두서없이 그간의 이야기를 했다. 긴 이야기를 짧게 하려니 숨이 찼다.

"내래 갈 곳이 없습네다. 여기서 일하고 싶습네다. 받아 주시라요!"

꽁지머리 아저씨는 나를 훑어보았다. 금방이라도 나가라고 할 것 같아 조마조마했다. 나는 무릎을 꿇다시피 애원했다. 그보다 더한 일도 할 수 있을 것 같았다. 일자리를 얻을 수 있다면. 아니, 언어가 통하는 사람과 있다면 더 바랄 것이 없었다.

"내 참, 돈 벌러 온 조선족은 봤지만 북에서 온 사람은 첨이네……."

"살려 주시라요!"

"참, 탈북 난민이라…… 일할 사람이 필요하긴 한데……."

아저씨 표정이 무척 복잡해 보였다.

"아저씨, 고저 일만 시켜 주시라요."

한참 뜸을 들인 뒤, 꽁지머리 아저씨는 마지못해 나를 받아 주었다.

"암튼 좀 보자고."

일하는 것을 봐서 결정하겠다는 말투였다.

"고맙습네다! 충성하겠습네다."

나는 머리가 땅에 닿도록 고개를 숙였다. 거대한 산 하나를 넘은 기분이었다.

"일단 짐은 다락방에 갖다 놓고 당분간 거기를 숙소로 써."

아저씨가 가리키는 다락방으로 올라가는데 하얀 민들레가 달빛 속에서 빛났다. 고향에서 많이 보던 민들레였다. 엄마 아빠를 만난 것처럼 반가웠다.

*

"아들, 일어나! 일어나!"

전화벨 소리에 환청이 들렸다. 또 지겨운 하루가 시작되려나 보다. 나는 이불 속으로 더 깊이 들어갔다. 엄마의 아우성이 날 깨울 것을 알기에 전화벨이 울려도 받지 않았다.

매일 지구 반대편에서 잠도 안 자고 모닝콜을 보내는 엄마. 옆에서 어깨를 흔들어 깨우는 것처럼 전화벨 소리가 요란했다. 핸드폰을 든 채 아무 말도 안 했다.

"뭐야? 아들? 아직도 자는 거야? 얼른 학교 가야지."

나는 말없이 핸드폰을 내려놓고 이불을 덮었다. 다시 벨이 울린다. 받을 때까지 울릴 것이다. 난 인상을 쓰며 핸드폰을 들었다.

"알았다고, 지금 샤워하려는 중이야."

전화를 끊으며 진저리를 쳤다. 지옥 같던 서울에서의 삶이 떠올랐다. 내가 말을 배우는 순간부터 엄마는 우리말보다 영어를 먼저 가르쳤다. 과외 선생을 붙여서 말이다. 임대업 운영을 핑계로 날 방치하던 아빠, 유일하게 나를 봐주었던 할아버지의 갑작스러운 죽음 등 모든 게 버거웠다. 엄마는 할아버지의 장례를 치르자마자 대치동으로 이사했다. 덕분에 나는 화장실에 갈 시간조차 없을 만큼 바빴다. 잠을 자면서도 과외 숙제를 해야 할 지경이 되자 숨이 막혔다. 원형 탈모증이 생겼다. 나는 갑자기 훌러덩 대머리가 될까 두려웠다.

"원형 탈모? 그거 약만 바르면 돼. 하지만 지금 너를 위해 투자하지 않으면 평생 찌질이로 살아야 해."

엄마는 내 스트레스 따위는 안중에도 없었다.

"너도 엄마처럼 별 볼일 없는 인생으로 살고 싶어? 넌 절대 안 돼. 엄마가 뭐든 해 준다는데 뭐가 문제야?"

엄마는 내게 가난과 무지를 대물림하지 않으려 몸부림쳤다. 그럴수록 나는 엇나갔다. 그대로 있다가는 죽을 것만 같았다. 학교도 가지 않고, 먹지도 않고, 방에 틀어박혀 미친 듯이 기타만 쳤다. 엄마가 밖에서 소리를 지르면 더 크게 기타 줄을 튕겼다. 결국 엄마는 유학이라는 카드를 내밀었다.

'엄마는 내가 영어 울렁증이 있다는 걸 정말 모르는구나!'

영어라면 몸서리치는 내가 유학을 가다니. 지나가던 개가 웃을 일이다. 하지만 해방구가 될지도 모른다는 생각이 들었다.

'엄마의 잔소리가 없는 데라면 어디든 상관없어.'

오직 이 마음으로 캐나다행 비행기에 올랐다. 그런데 착각이었다. 엄마는 수시로 밴쿠버행 비행기에 몸을 실었다.

"우리 아들은 캐나다에서 공부해요!"

엄마는 만나는 사람에게마다 자랑하느라 바빴다. (개나 소나 다 가는 게 유학인데 말이다.) 그 아들이 눈만 뜨면 20층이 넘는 오피스텔 아래로 떨어지고 싶다는 충동에 시달린다는 걸 상상조차 못 한 채.

핸드폰이 미친 듯 울려 댄다. 나는 전화를 받는 대신 일어나 세수도 않은 채 자전거를 타고 학교를 향해 달렸다. 교실에 들어서자마자 상담 선생님이 기다린 듯 호출했다.

"느뉴는 학교에 오기 싫어요? 하루 건너 결석을 하니 어쩌면 좋아요."

줄리 선생님은 늘 '느뉴'라고 불렀다. 내 이름이 발음하기 힘들다는 걸 알기에 그러려니 했다. 상담 선생님이 나를 안쓰러운 눈으로 바라보았다. 선생님의 지나친 관심이 부담스러웠다.

'내가 결석하는 게 하루 이틀도 아닌데 굳이 상담을 받아야 하나.'

나는 묵비권 행사 중인 죄수처럼 입을 닫은 채 가만히 앉아 있었다.

"느뉴가 하고 싶은 게 뭔지 찾아봐요. 뭐든 억지로는 재미없어요."

우리 엄마가 들어야 할 말을 내게 하다니. 나는 공부보다는 노래가 좋다. 노래 가사를 짓고 싶은데 엄마에게 쫓겨 와 바보처럼 앉아 있는 나를 이해할 수 있을까.

"느뉴, 교실로 돌아가요. 어려운 일이 있으면 언제든 말해요. 선생님은 느뉴 사랑해요."

줄리 선생님은 늘 '사랑' 타령이다. 그 말이 거슬리거나 진정성이 없는 건 아니지만 언제 들어도 간지럽고 어색하다.

교실 문을 열었다. 아무도 나를 눈여겨보지 않았다. 알록달록 무지갯빛 의자들이 눈에 띄었다. 다국적 학생들이 모인 교실이라 특별히 배치에 신경을 썼다고 한다. 다양한 색깔의 책상과 의자들을 볼 때마다 여기가 서울이 아니라는 게 실감 났다.

내 자리로 가는데 익숙한 말이 들렸다.

"우리 아빠 새 차 뽑았어. 벤틀리로!"

"우리 엄마는 낼 온대. 날 본다는 핑계로 명품 사러 오는 거지."

"우리 회장님께서 이번에 경제인 꼰대들 모임에 짱이 되셨다네. 내 통장에 용돈 두둑이 쏘셨고. 이따 한턱 낼게."

내가 다니는 캐나다 사립학교에는 한국에서 온 아이들이 몇 명 있다.
강남의 명문 유치원 동창에 유학까지 같이 온 무리들이다. 그들에게 나
는 존재감이 없는 아이다. 뭐, 그렇다고 내가 소외감을 느낀다는 건 아
니다. 나 또한 그들과 어울리고 싶은 마음이 없으니까.

"병신들, 또 돈 지랄이네."

속으로 한 말이 튀어나오고 말았다.

"너 지금 뭐라고 했어? 서울 거지가 밴쿠버까지 따라와 개그하고 있
네."

한 대 후려치려다 말았다. 지난번처럼 경찰서까지 끌려가면 골치 아파
진다. 대신 가방을 들고 밖으로 튀었다. 시다나무 가로수가 걱정된다는
듯 날 바라보는 것 같았다.

'에라, 모르겠다. 될 대로 되라지.'

나는 아리랑 가는 골목으로 자전거 핸들을 틀었다.

아리랑 대문 밖에 자전거를 세웠다. 꽁지머리 아저씨가 돈 계산을 하
다 말고 날 보았다.

"오늘도 학교 안 갔냐? 엄마가 알면 걱정하실 텐데. 너 계속 이런 식이
면 곤란해! 내가 네 엄마 첩보원인 줄은 알지?"

아저씨 말은 사실이다. 엄마는 밴쿠버에 올 때마다 내 숙소보다는 아
리랑을 아지트처럼 들락거렸다.

"우리 은우 잘 부탁해요. 섭섭지 않게 보상할게요."

지난번에 다녀갈 때도 엄마는 아저씨 손에 하얀 봉투를 건네며 머리

를 조아렸다. 모르긴 해도 나 몰래 엄마는 아저씨에게 수시로 전화할지도 모른다. 그래도 난 중립을 잘 지키는 아저씨가 좋다. 또 캐나다에서 김치찌개라도 실컷 먹을 수 있는 게 어딘가. 그렇다고 아저씨가 누구에게나 친절한 것은 아니다. 가끔 도희나 주방 아줌마들을 대하는 걸 보면 딴사람 같을 때도 있다.

"완전 땡땡이는 아네요. 학교에 가긴 했으니까……."

"공부에 취미를 붙여야 할 텐데. 아님 서울로 돌아가든지."

아저씨도 나를 걱정한다는 건 알지만 '관심 좀 꺼 주세요' 하고 말하고 싶었다. 나는 아저씨와 이야기를 나누면서 주방을 기웃거렸다. 도희가 보이지 않았다.

"도희야, 우리 집 단골이다. 서울 대치동에서 온 유학생. 엄마가 차리는 밥상처럼 깔끔하게 준비해라."

처음 아저씨의 입에서 '도희'라는 말을 들었을 때 나도 모르게 풋, 웃고 말았다. 촌스러운 이미지와 안 어울리는 이름이었다. 그런데 이상하게 도희에게 눈길이 갔다. 당찬 눈빛이 인상적이었다. 투박한 말투로 보아 서울 아이 같지는 않았다. 가끔 아저씨에게 야단을 맞으며 바들바들 떨 때는 정말 안쓰러웠다.

아리랑이 있는 '개스 타운'은 관광객으로 붐빈다. 전 세계에서 온 관광객을 위한 식당도 많고 토속품 가게도 즐비하다. 그중에 아리랑은 한옥 지붕과 예쁜 정원으로 유명하다. 도희가 정원에 있나 싶어 밖으로 나왔다. 정원에는 연못이 있고, 계절 꽃들이 피었고, 담벼락을 대신한 나무도 울창하다. 학교에서 쌓인 스트레스를 아리랑의 정원에서 많이 풀었다. 요즘은 도희를 볼 수 있어 아리랑이 더 좋았다.

연못가에 앉아 있는 도희가 보였다. 가만히 도희 옆으로 가 연못을 들여다보았다. 개구리밥들이 동동 떠다녔다. 어릴 때 체험학습을 다니며 많이 본 식물이었다.

"뭘 그렇게 봐? 개구리밥 보는 거야?"

"개구리밥? 응, 물 위에 동동 떠다니는 저 풀이 내 신세랑 비슷한 것 같아서."

"떠다니는 신세라고? 그건 나도 마찬가진데."

나도 도희를 따라 개구리밥을 보았다.

"근데 이 시간에 웬일이야?"

"학교에 갔다가 그냥 나왔어."

"그렇게 맘대로 해도 되는 거야? 캐나다 학교는 다 그래?"

"그런 건 아니고. 재미없어, 학교가."

"정말? 난 학교 다니는 게 소원인데……."

"다니면 되지?"

"너한테는 쉬운 일이 나에게는 높은 산이야."

알 수 없는 말이었다. 말을 나눌수록 도희의 정체가 궁금했다.

"손님 올 때 됐다!"

아저씨 말에 도희가 얼른 안으로 들어갔다. 나도 따라 들어갔다.

"은우야, 낼 스톤 계곡 갈까?"

아저씨가 답답한 내 마음을 알아챈 것 같았다.

"진짜요? 좋아요!"

"도희도 같이 가자. 캐나다 구경도 한번 해 봐야지."

도희가 눈을 휘둥그레 떴다. 나도 놀라긴 마찬가지였다. 아저씨가 미소를 지으며 주방에서 떡볶이가 담긴 접시를 가져왔다.

"자, 떡볶이 먹고 힘내. 도희도 이리 와서 먹어라."

도희가 수줍은 얼굴로 식탁에 앉아 오물오물 떡볶이를 먹었다.

"너도 떡볶이 좋아하는구나."

"처음 먹어 보는 음식인데 칼칼하고 맛있어."

"처음 먹는다고? 너 고향이 어딘데?"

내 질문에 도희 얼굴이 어두워졌다. 도희 대답을 기다리는데 손님이 몰려왔다. 한두 개 먹었나? 도희가 벌떡 일어나 손님을 맞았다. 떡볶이 하나 편히 못 먹고 일하는 도희가 안타까웠다. 나와 같은 나이인데 나와 전혀 다른 세계를 사는 도희. 왠지 미안했다.

'어, 왜 자꾸 이런 생각을 하지?'

"새벽에 떠날 테니 준비해서 와."

아저씨도 일어나 손님을 맞으며 말했다.

나는 매콤한 떡볶이로 스트레스를 푼 후 힘차게 자전거 페달을 밟으며 콧노래를 불렀다.

'도희와 함께 스티브 스톤 계곡으로 연어 낚시를 간다니.'

도희는 많은 것을 상상하게 하는 아이다. 도희를 보면 막연하게 그렸던 가사의 주인공을 만난 듯 뭔가 신비롭고 기분이 좋다.

도희와 함께 낚시의 짜릿함을 맛볼 생각에 벌써부터 실실 웃음이 나왔다. 왠지 내가 준비해 갈 게 많을 것 같았다. 뭔가 즐겁고 가슴이 따뜻해지는 느낌. 할아버지가 돌아가신 후 처음이다. 벌써부터 스톤 계곡의 웅장한 물소리가 들리는 것 같았다.

'야생 잠바, 간식거리, 도희에게 줄 시다…… 뭘 더 싸야 하나?'

도희를 위해 무얼 챙길까 고민하다 잠을 잘 못 잤다. 희붐하게 날이 밝자 나는 아리랑으로 달려갔다. 이슬을 머금은 정원의 꽃과 나무들이 영롱해 보였다.

"일찍 왔네. 도희가 샌드위치 준비하고 있으니까 끝나면 출발하자."

아저씨가 등산복 차림으로 정원의 식물들을 살펴보고 있었다.

도희는 줄무늬 티셔츠에 청바지를 입었다. 평소 검은 원피스에 앞치마를 두른 모습과는 완전히 달랐다. 수녀님이나 누나 같던 도희가 친구처럼 발랄해 보였다. 도희에게 장난치고 싶은 마음이 일었다. 내 눈길을 느꼈는지 도희가 손을 흔들었다.

"와, 맛있겠다."

은박지에 샌드위치를 싸는 도희를 돕다가 샌드위치 한 개를 꿀꺽 먹었다.

"샌드위치 좋아하나 봐. 난 빵만 먹으면 속이 부글거리고 쓰린데……"

"난 밥보다 빵이 더 익숙해. 엄마가 밥을 제대로 해 준 적이 없어서 늘 빵을 먹었거든."

"준비 끝났으면 떠나자. 아이스박스 꼭 챙기고!"

아저씨의 말에 나는 도시락과 아이스박스를 차에 실었다. 도희는 다락방에서 붉은 배낭을 메고 나왔다. 빈티지풍의 배낭인데 여행 가방처럼 컸다.

"나 캠핑은 처음이야. 서울 사람들은 자주 가?"

도희가 설레는 목소리로 물었다. 나는 딱히 할 말이 없었다. 실은 나도 아저씨와 몇 번 가 본 게 전부다.

"음…… 그런 것 같아……."

내가 얼버무리자 도희도 더는 묻지 않았다. 어색한 침묵이 흘렀다. 아저씨가 한국 가요를 들으며 흥얼거렸다. 어색함을 덜어 줘 다행이었다. 복잡한 시내를 벗어나자 도로가 한산했다. 창밖은 예쁜 꽃들로 가득했다. 길 양쪽에 시다나무가 빽빽이 서 있었다.

차가 어느 정도 달리자 시다나무 숲이 웅장하게 펼쳐졌다.

쏴아 쏴아.

시원한 물소리가 들리고 숲 내음이 향기로웠다. 바위 밑에 핀 꽃들이 바람결에 흔들리며 눈길을 끌었다. 도희는 신기한 눈으로 창밖 풍경을 보았다.

핸드폰 벨소리가 울렸다. 엄마가 모닝콜을 보낼 시간인 걸 깜빡했다. 핸드폰을 끌까 망설였다. 받을 때까지 전화할 테니 마지못해 받았다.

"아들, 일어나세요. 오늘도 파이팅! 오늘 회화 선생님 오는 거 알지? 저녁에는 수학 선생님 올 거고. 엄마가 어렵게 구한 선생님들이니까 엄마 안 본다고 대충하지 말고……."

듣는 둥 마는 둥 시큰둥한 나를 아저씨가 백미러로 보았다. 밖을 보던 도희도 나를 보는 것 같았다. 얼굴이 후끈거렸다.

"나중에 전화할게."

"아들, 아들!"

그놈의 아들 소리를 들을 때마다 머리가 지끈거린다. 부드럽게 부른 뒤 지시하고 명령하는 엄마. 아니나 다를까 핸드폰이 또 울렸다. 아저씨와 도희가 받으라고 눈짓했다.

"무슨 음악 소리가 들리는 것 같던데 너 어디야? 지금 정신이 있는 거야, 없는 거야? 엄마가 너한테 쏟은 돈이 얼만데. 과외 선생 구하느라 엄마가 얼마나 힘들었는지 알아? 들어온 복 차지 좀 마라."

엄마의 속사포는 여전했다. 오늘은 화까지 난 듯 목소리 톤이 더 높았다. 도희 앞에서 쩔쩔매는 모습을 보이긴 싫었다.

"엄마, 배터리가 없어."

나는 핸드폰 배터리를 빼 버렸다. 도희가 복잡한 표정으로 나를 보았다. 도희는 엄마에게 시달리는 나를 절대로 이해할 수 없을 거다.

"아저씨, 다 와가요?"

나는 창밖을 보며 크게 말했다. 다행히 도희도 다시 바깥 풍경을 보느라 내게 관심이 없어 보였다. 차는 점점 더 깊은 숲으로 들어갔다.

"와, 대단함네. 내래 이런 진풍경은 첨 봄네다."

평소와 다른 도희 말투가 이상했다. 어눌하긴 했지만 분명 서울말을 썼었는데 지금은 억양이 독특했다. 경상도 사투리를 쓴 할아버지 말투 같기도 했다.

"조금만 더 가면 지금 보는 것보다 훨씬 멋진 계곡이 나와."

나는 잘 아는 것처럼 으스댔다.

드디어 스톤 계곡 앞에 차가 섰다. 우렁찬 물소리에 온몸이 젖는 것 같았다. 차에서 내린 아저씨가 기지개를 켜며 말했다.

"배고프다. 도희야, 점심 준비해라……. 바비큐 먹자."

도희를 하인 부리듯 하는 아저씨가 거슬렸다. 도희는 아저씨가 그러거나 말거나 구경하느라 바빴다.

"네! 아저씨, 정말 대단함네다!"

도희는 차에서 짐을 내릴 생각은 하지 않고 계곡 쪽으로 향했다.

"허, 내 말도 무시하고 가 버리네. 은우야, 아무래도 네가 해야겠다. 텐트 치고 바비큐 준비하자."

아저씨가 배고픈 듯 툴툴댔다.

나는 아저씨와 내가 머물 카키색 텐트를 치고 도희를 위해 준비한 붉은 텐트를 쳤다. 텐트 앞에 앉아 별을 보며 도희와 이야기 나눌 생각을 하니 맘이 간질거렸다. 아저씨는 숯을 피우고 생고기를 석쇠에 올렸다. 지글지글 고기가 익어 가는데 도희가 미안한 표정을 지으며 다가왔다.

"죄송합니다. 제가 고기 굽겠습니다."

"됐어, 구경이나 실컷 해라. 은우가 잘하는구만. 생고기는 살짝 구워야 맛있지. 얼른 먹기나 해."

아저씨가 가위로 고기를 잘라 한입에 쏘옥 넣으며 말했다.

"너도 먹어 봐."

내가 고기를 권하자 도희는 고기를 입에 넣고 한참을 오물거렸다.

"먼저 가서 낚시할 만한 자리 좀 볼 테니 천천히 먹고들 와."

어느 정도 배를 채운 아저씨는 낚싯대를 들고 계곡으로 향했다.

"정말 맛있다. 이런 게 캠핑이구나."

웃는 도희가 낯설면서도 예뻤다. 활짝 웃으니 몰랐던 눈웃음도 보였다.

"너 진짜 캠핑 처음이구나."

"응. 캠핑이라는 말도, 바비큐라는 말도 처음 들어 봐."

"진짜? 넌 별나라 사람이냐?"

웃자고 한 소린데 도희 얼굴이 굳어졌다.

"응. 별나라 사람인 거 맞아. 나 평양에서 왔어."

"평양? 북한?"

"응, 난민 신청하러 밴쿠버에 온 거야. 평양에서 두만강을 건너 도망치 듯 여기까지 왔어. 난민 신청만 되면 나도 너처럼 공부하게 될 줄 알았 어. 근데 어렵네……."

한 대 맞은 느낌이었다. 나는 도희 말이 이해되지 않아 어리벙벙했다.

'도희가 북한 사람이라고?'

나는 도희를 바라보았다. 북한 사람들은 나와 다른 세계에 사는 줄 알았다. 그런데 똑같았다. 무슨 말이라도 해야겠는데 아무 말도 나오지 않았다.

'난민? 난민…… 이라고?'

침묵 사이로 새소리와 물소리가 들렸다.

"내가 북에서 온 사람이라 놀랐어?"

"좀 놀라긴 했어. 근데…… 나도 어쩌면 난민인지 몰라. 대한민국에서 도망쳐 와 캐나다 땅을 떠돌며 사니까. 너는 평양에서, 나는 서울에서 왔다는 것만 다를 뿐 너와 난 난민 공동체인지도 모르겠다."

나는 도희가 기분 상하지 않도록 농담처럼 말했다.

"난 너랑은 다르지. 엄연히……."

도희가 시무룩한 표정으로 말했다. 왠지 위로해 줘야 될 것 같았다.

"캐나다에 온 후로 나도 늘 이방인이었어. 아웃사이더. 어디에도 낄 수 없는 존재 말이야. 그런 걸 너는 난민이라 하고, 나는 이방인이라고 부르는 게 아닐까?"

말을 하니 정말 도희나 나나 같은 처지라는 생각이 들었다.

"난…… 난민 신청이 안 되면 캐나다에서 추방당해. 그러다 북송되면 죽음이고……."

도희의 말은 상상 밖이었다. 할 말을 잃은 나는 어색함을 피하려 괜히 먹다 남은 음식을 정리했다.

"잡았다!"

아저씨의 외침에 도희와 나는 계곡으로 갔다. 아저씨가 낚싯줄을 감아올리는데 빈 낚싯줄만 허공에 날렸다.

"에이, 놓쳤네. 큰 놈 같았는데. 한 번 더 해 보고 안 되면 다른 자리 잡자."

아저씨가 낚싯대를 다시 드리우며 말했다.

'도희가 북한에서 살았다고? 캐나다 난민 신청은 또 뭐지……."

나는 텔레비전에서 본 북한 아이들처럼 붉은 스카프를 맨 도희를 떠올려 봤다. 잘 상상이 되지 않았다.

"우리 계곡 따라서 구경 가 볼래?"

도희가 말없이 고개를 끄덕였다.

계곡을 따라가는 숲길에는 꽃들이 많았다. 나는 재빨리 시디를 챙겼다. 계곡물이 흐르는 곳으로 내려가니 온갖 들꽃이 지천으로 피어 있었다. 화려한 색의 버섯들도 간간이 눈에 띄었다. 멀리서 들려오는 풀벌레 소리에 파르르 가슴이 떨렸다.

"스티브 스톤 계곡은 연어를 낳고 연어는 스티브 스톤 계곡을 만든다는 말이 있어. 그만큼 웅장한 협곡이라는 뜻이지."

"협곡은 처음이야. 쏟아지는 물줄기에서 파란빛이 나네. 진짜 예쁘다."

"북한도 멋있는데 많잖아. 금강산, 백두산?"

"나는 평양을 벗어나 본 적이 없어서 조국의 산들에 대해 잘 몰라. 연어가 저 협곡을 따라 올라온다는 게 진짜 놀랍고 신기하다."

나는 솔직한 도희가 좋으면서도, 처음 듣는 '조국'이라는 단어가 이상했다.

"넌 서울에서 이런 멋진 풍경 많이 보았을 것 아냐? 근데 엄마 땜에 힘들어?"

느닷없는 질문에 당황스러웠다. 차 안에서 내가 엄마와 통화하는 걸 다 들은 것 같았다.

"내 이야기는 이따 해 줄게. 이거 받아. 내가 좋아하는 시디야. 은유적인 노래가 많아서 좋아."

"시디……. 본 적은 있는데 귀해서 한 번도 틀어 본 적은 없어."

시디가 귀하다니. 정말 북한 아이가 맞는 것 같았다.

"내가 좋아하는 가수의 노래가 들어 있는 거야. 돌아가면 들려줄게. 나도 이렇게 멋진 가사도 쓰고 곡도 만들고 싶어."

"좋겠다. 공부도 할 수 있고 꿈도 있고……."

'아, 또 내가 도희의 아픈 곳을 건드렸나.'

"아저씨 기다리겠다. 빨리 가자."

할 말이 없어진 나는 얼른 화제를 돌렸다.

계곡으로 다가가는 우리를 보며 아저씨가 말했다.

"니들끼리만 노냐? 수상한데."

아저씨는 나와 도희에게 낚싯대를 건네며 놀렸다.

도희는 처음해 보는 연어잡이를 재밌어했다. 잠시 후, 아저씨가 팔뚝만 한 연어를 잡았다. 우리는 신나서 연어를 구경했다. 그때 도희에게 전화가 왔다. 도희가 허둥대며 전화를 받았다.

"네. 권순진…… 어머니 맞습네다! 감옥이라고요?"

도희가 계곡 위로 올라갔다. 도희 목소리에서 긴장감이 느껴졌다. 분명 무슨 일이 일어난 것 같았다.

'엄마가 있는데 도희 혼자 캐나다로 온 거야? 도희 엄마는 지금 어디에 있는 거지?'

갈수록 도희에게 궁금한 게 많아졌다.

도희는 전화를 끊은 뒤에도 한참을 서 있었다. 뭔가 심상치 않아 보였다. 적막을 깨고 풀벌레들이 악을 써 댔다.

*

복잡한 밴쿠버 시내를 벗어나자 완전 딴 세상이었다. 높이 솟은 가로수의 풍경은 그림처럼 아름다웠다. 초원에서 풀을 뜯는 염소며 양의 모습이 평화로웠다.

은우도 소풍 가는 아이처럼 들떠 보였다. 가끔 나를 의식하는 눈길도 싫지 않았다. 막상 가까이에 있으니 할 말이 생각나지 않았다. 약간 민망하기도 해 나는 일부러 창밖으로 더 눈길을 돌렸다. 울창한 숲길로 접어드는데 은우의 손전화가 울렸다. 엄마인 듯 싶었다. 은우는 얼굴을 찡그린 채 전화기를 노려보았다.

'난 꿈에라도 엄마 목소리를 듣고 싶은데…… 왜 저리 엄마를 거부하는 걸까?'

엄마 생각, 은우에 대한 염려도 스톤 계곡에 들어선 순간 모두 잊혀졌다. 공기부터가 달랐다. 시다나무 숲에서 나오는 은은한 향이 마음을 진정시켰다. 빼곡한 숲길을 따라 올라가니 캠프장이 보였다. 차에서 내리자마자 우렁찬 물소리의 계곡이 눈에 들어왔다. 거센 물살이 하얀 거품을 일으키며 웅장한 바위로 떨어졌다. 물이 튈 때마다 눈꽃이 피고 지는 것 같았다.

하늘에서 떨어지나 싶게 아주 높은 곳에서 떨어지는 물줄기는 신기하면서도 무서웠다. 폭포수가 내리치는 물웅덩이는 꽤 깊어 보였다. 그곳에 연어 떼가 모여 산다고 했다. 넘실거리는 물줄기를 보자 두만강을 건널 때 느꼈던 공포가 생각나 오소소 소름이 돋았다.

아빠가 숙청된 뒤 오지에서 견디다 못한 엄마는 뭔가 결심한 듯 싶었다. 달빛조차 없는 캄캄한 밤이었다. 엄마는 숨죽인 목소리로 말했다.

"지금부터 내 말 잘 들으라우. 우린 국경선을 넘을 것이야. 이미 손을 다 써 놨으니까니 너는 나만 따르면 일없어야."

두만강으로 가는 동안 엄마는 내 손을 한순간도 놓지 않았다. 엄마 손이 소나무 껍질처럼 거칠었다.

사범대학을 나와 평양소학교에서 아이들을 가르치던 엄마는 아버지의 숙청이 있기 전까지는 고생을 몰랐다. 독일에서 수입해 왔다는 치즈는 물론 외제 화장품까지 썼던 엄마였다. 오지로 온 후, 고쟁이 바지를 입고 화장기 없는 엄마는 투사로 변했다.

두만강 물은 깊지 않았지만 장마 뒤라 물살이 거셌다. 물살을 따라가다 돌부리에 걸려 무릎에 피가 나기도 했다. 그래도 가야만 했다. 국경선까지만 가면 브로커가 손을 써 놓은 또 다른 브로커를 만날 것이란 희망으로 견뎠다. 멀리 중국 땅에서 비치는 불빛을 보자 안도의 숨이 나왔다.

탕. 타 타앙!

어둠을 뚫고 울리는 총성에 고막이 터질 것 같았다. 엄마가 납작 엎드리라는 신호를 했다. 숨도 못 쉰 채 물속에 온몸을 맡겼다. 자꾸만 내 몸이 물살에 떠내려갔다. 이러다 엄마를 놓치면 어쩌나 걱정되었다. 주위를 살피니 뭉툭한 돌무덤이 보였다. 나는 살살 기어가 돌멩이 위에 납작 엎드렸다.

내 뒤를 따라오던 엄마가 배낭을 벗어 배 밑에 깔고 누웠다. 다행히 그 후로는 총소리가 들리지 않았다. 서치라이트 불빛도 뜸했다. 엄마는 내 손을 잡고 앞서 달렸다. 그 순간의 엄마는 야생마보다 빠르고 강해 보였다. 나는 엄마를 놓치지 않으려 헉헉대며 쫓았다. 목숨을 걸고 강을 건너던 모습이 생생히 떠올랐다. 곧이어 어젯밤 캐나다에 와 처음으로 받은 엄마의 전화도 떠올랐다.

"대충 마무리하고 올라가 쉬어라. 낼 새벽에 떠나야 하니까. 나도 간 만에 연어 낚시나 빡세게 하며 좀 쉬어야겠다."

아저씨의 말에 밴쿠버 시내를 벗어난다는 게 신기하게 여겨졌다.

앞치마를 벗고 문단속을 하는데 덩치 큰 사냥개가 꼬리를 흔들었다. 고향에서 키우던 풍산개 생각이 났다. 봄볕이 좋은 날이면 강아지를 데리고 텃밭을 뒹굴며 놀던 모습이 눈에 선했다. 캄캄한 북쪽 하늘을 올려다보았다. 모두가 그리웠다.

다락방으로 올라왔다. 천장도 낮고 비좁긴 하지만 나만의 공간인 이 방이 나는 좋다. 내일 준비를 해 놓고 자야 할 것 같아 배낭을 꺼냈다. 아리랑에서 일하다 보면 여기가 캐나다라는 걸 잊을 때가 많았다. 주로 한국 관광객이나 남한 유학생들이 많이 오기 때문이다.

'드디어 아리랑 밖을 떠나 보는구나!'

아빠의 손길이 닿았을 배낭을 보자 울컥 목젖이 울렁댔다. 배낭 안에 있는 봉지들을 하나씩 꺼냈다. 엄마가 잘 간직하라고 신신당부하던 누런 책은 꺼내어 구석에 두었다. 엄마가 북경에서 준 명품 잠바를 꺼냈다. 옷에서 엄마 냄새가 물씬 풍겼다. 한참을 코에 대고 있어도 질리지 않았다.

지르르릉.

분명 내 손전화기 소리였다. 캐나다에 와 한 번도 울린 적이 없던 전화라 깜짝 놀랐다. 시한폭탄을 만지듯 조심스럽게 손전화기를 들었다.

"도희네?"

엄마였다. 엄마 목소리를 듣는 순간 온몸의 피돌기가 멎는 줄 알았다.

"엄마, 왜 그리 감감 무소식이었습네까?"

묻고 싶은 말이 많았지만 막상 전화를 받으니 말문이 막혔다.

"내래 길게 얘기할 시간이 없어야. 난민 신청은 어찌…."

엄마의 다급한 목소리에 나마저 불안했다. 아니나 다를까. 갑자기 전화가 끊긴 뒤로는 전화가 다시 오지 않았다. 나는 전화를 뚫어져라 보았다. 꼼짝 않고 앉아 엄마의 전화를 기다렸지만 헛수고였다.

'얼마나 다급했으면 내 말은 들으려 하지도 않았을까? 무슨 일이 있는 게 분명해.'

이 생각 저 생각에 뒤척이다 까무룩 잠이 들었다. 밤새 쫓기다 신발을 잃어버리는 꿈을 꾸었다. 그래도 이렇게 계곡에 나오니 기분이 나아지는 것 같았다.

아름다운 계곡 앞에서 아픈 기억만 떠올리는 내가 싫었다. 생각을 지우려 빠른 걸음으로 캠핑장에 갔다. 은우가 이미 텐트를 치고 고기를 굽고 있었다. 은우는 나와 다른 삶일 거라고 생각했는데 '떠도는 삶'이라는 말을 해 줄 때는 고마웠다. 마음이 통하는 딱친구(절친한 친구)처럼 마음이 따뜻해졌다.

은우와 숲이 우거진 계곡을 걸었다. 혼자 계곡 앞에 섰을 때는 두렵던 것도 둘이 걸으니 든든했다. 보이는 들꽃마다 예뻤다. 평양에서는 산에 가도 꽃을 볼 수 없었다. 하긴 푸른 나무들조차도 흔치 않았으니까. 우거진 숲과 은은한 향을 맡으니 내가 평양이 아닌 먼 나라에 와 있다는 게 현실로 다가왔다.

은우가 준 시디는 남조선 동무에게 처음 받은 선물이라 더욱 살갑다.

'좋아하는 가수도 있고 꿈도 있는데, 왜 은우는 학교를 싫어하고 엄마를 싫어할까? 언젠가는 은우가 속내를 다 털어놓을까?'

은우와 다시 계곡을 거슬러 올라오자 아저씨가 말했다.

"니들끼리만 노냐? 수상한데."

아저씨가 은우와 나에게 낚싯대를 건네며 말했다.

"연어는 밤낚시가 최고란다. 이따 밤에 본격적으로 잡고 지금은 연습 삼아 해 봐. 가만히 있다가 찌가 움직일 때 확 잡아당겨."

아저씨가 알려 주었다. 처음 해 봐서 어설펐지만 아무것도 생각나지 않을 만큼 재미있었다. 계곡물이 꽤 깊어 보였다. 저리도 물살이 센데 물고기가 살지 의심스러웠다. 나도 아저씨 옆에 서서 계곡물에 낚싯대를 힘껏 던졌다.

"태평양에서 살던 연어들이 여기까지 온다는 게 신기하지 않아? 거센 물살을 거스르고 암초들에 맞서면서 말이야. 오늘 그 연어를 네가 잡는 거다."

아저씨가 호탕하게 웃었다. 내가 이야기에 관심을 보이자 아저씨가 쉴 새 없이 말했다.

"연어는 모천 회귀 본능이 있단다. 태평양에서 살던 물고기들이 고향에 돌아와 새끼를 낳고 죽는 거지. 거센 물살에, 암초에 얼마나 장애물이 많겠냐? 그래도 여기까지 와서 죽는다는 사실이 놀랍지?"

"네, 놀랍습네다. 저도 연어처럼 고향에 갈 날이 있을까요?"

"고향에 가고 싶은 사람이 너만은 아니지. 나도 고향에 가고 싶어. 작은 미물인 물고기마저도 자기 고향을 찾아오느라 목숨을 거는데……난 뭐하며 사는 건지 모르겠다. 힘들더라도 가족과 함께 지냈어야 하는데……."

아저씨가 혼잣말하듯 말하며 담배 한 개비를 꺼냈다. 아저씨가 담배를 피우는 모습은 처음 봐 의아했다. 어스름 속에서 담배를 피우는 아저씨의 모습이 왠지 쓸쓸해 보였다.

'그러고 보니 아저씨 가족을 한 번도 본 적이 없네. 그래서 나나 은우에게 아빠처럼 잘해 주는 걸까?'

드리운 낚싯대는 요동이 없었다. 가만히 있으니 머릿속이 시끄러웠다.

'난민인 내가 이런 걸 누려도 될까? 나는 정말 고향에 갈 날이 올까?'

생각이 꼬리를 잇다 보니 머리가 지끈거렸다.

"걸렸다! 도희야, 이리 와서 낚싯대 좀 잡아당겨 봐."

갑자기 아저씨의 목소리 톤이 높아졌다. '당겨 봐'라는 소리가 메아리쳤다. 나는 아저씨의 낚싯대를 잡아당겼다. 대어가 분명했다. 돌덩이를 끄집어 올리는 것처럼 묵직했다.

푸드덕.

눈앞에서 팔뚝만 한 고기가 꿈틀댔다. 내 가슴도 뛰었다. 나도 모르게 고기를 맨손으로 만졌다. 미끄덩거리면서도 탱탱했다. 내 손에 있는 연어가 꿈틀댈 때마다 힘이 느껴졌다.

잡은 연어를 한참 보고 있는데 주머니에 넣은 손전화기가 부르르 떨었다. 낯선 번호였다.

"리도희 맞습메?"

어둠 속에서 듣는 내 이름이 생경했다.

"맞습네다. 누구심네까?"

"권순진 씨가 어머니 맞지비?"

순간 '권순진'이 누군가 했다. 곧 엄마라는 것이 생각나자 가슴이 울렁거렸다.

"아바이 동무래 〈로동 신문〉 리철진 기자 아임?"

내가 빨리 대답을 못 하자 남자가 다시 물었다. 나는 전화가 끊길까 두려워 큰 목소리로 외쳤다.

"권순진. 내 어머니 맞습네다. 무슨 일 있습네까?"

다급하니 고향 말이 불쑥 튀어나왔다. 식당에서 남조선 여행객들이 내 말투를 이상하게 여기는 걸 안 뒤로는 북한 말을 안 썼다. 내가 무슨 말인가 하려는데 툭, 전화가 끊겼다. 마지막 핏줄이 툭, 끊기는 느낌이었다. 거센 물살에 휩쓸려 가는 엄마의 얼굴이 스쳐 갔다.

계곡에서의 감흥은 전화 한 통으로 모두 사라졌다. 생전 처음 텐트 안에서 잠을 자 보는 경험도 밤새 악몽에 시달리는 것으로 끝났다. 괜히 내 눈치를 보는 은우와 아저씨에게 미안했다.

캠핑에서 돌아와 일을 하면서도 정신은 딴 데 있었다. 낯선 남자의 전화 목소리가 귓가에 이명처럼 울렸다.

혼미한 정신으로 일하는데 은우가 가게 안으로 들어왔다. 은우의 얼굴이 어두웠다. 걸음걸이마저 휘청거리는 것 같아 불안했다.

된장찌개를 먹고 난 은우가 말했다.

"일 끝나는 시간에 내가 다시 올까? 기분도 꿀꿀한데 공원에서 자전거나 같이 타자."

"다음에, 지금…… 내가…… 마음이 편치 않아."

"나도……. 엄마가 밴쿠버에 온대. 그럼 난 작살나는데……."

평소와 다르게 은우가 힘들어 보여서 내가 말을 걸었다.

"어머니가 아니, 엄마가 왜 싫어?"

"엄마 맘대로 내 길을 지시하고 명령하니까. 정말 답답하고 미치겠어."

"그렇구나……. 난 야단맞아도 좋으니 엄마를 한 번만이라도 보면 좋겠어."

내 말에 은우의 얼굴이 벌게졌다. 답답한 은우를 달래 주려 했는데 도리어 내 속을 털어놓고 말았다.

"어제 심각한 전화 받는 것 같던데 엄마한테 무슨 문제가 있어?"

"나도 잘 몰라. 엄마가 연길에 계신 줄 알았는데 아무래도 쫓기는 것 같아."

"너 난민 신청하면 캐나다 시민이 되는 거야? 난 엄마 때문에 억지로 왔지만 왜 네가 캐나다 시민이 되려고 하는지 궁금해. 말 통하는 한국이 더 나은 것 같은데……."

나를 걱정해 주는 은우의 눈빛이 따뜻했다.

"그러게. 난민 신청이 쉬운 게 아니었어. 나도 여기 와서야 알았어. 브로커에게 속았다는 것도 공항에서야 알았고. 기왕에 왔으니까 영주권 얻어서 학교에 다니고 싶었지. 그러다 보면 엄마 아빠도 초청하게 될 줄 알았고. 지금은 어찌해야 될지 모르겠어."

은우는 고민하는 표정이 역력했다. 그런 은우가 마냥 고마웠다.

저녁 시간이 지났는데 한국 관광객들이 들어왔다. 은우는 일하는 나를 방해하지 않으려 밖으로 나갔다.

손님들에게 음식을 갖다 주면서도 내 마음은 손전화에 가 있었다. 일을 마치고 다락방으로 가는데 손전화의 진동이 울렸다.

어제 전화했던 그 남자였다.

"내 말 잘 들으라우. 권순진, 그니까 네 오마니가 지금 연길 경찰서에 갇혔슴. 마약 밀수하다 들켜 버림. 거두절미하고 당장 돈이 필요하다우. 칠천 불이면 풀려나올 수 있으니까니 명심하라우. 네 오마니가 대신 전화해 달라서 심부름하는 거니 의심병은 버리라우. 내래 다시 전화할 테니까니 그리 암세."

남자가 한꺼번에 많은 이야기를 해서 정신이 없었다. 생각나는 건 엄마가 아빠처럼 감옥에 갇혔다는 것뿐이었다.

"정말입네까?"

"긴말 할 시간 없으니 돈이나 준비하라우."

"엄마랑 통화 안 됩네까?"

"엄마가 갇혔다니까니. 아직 상황 파악 안 된 거임? 냉큼 돈 들어가지 않으면 힘들게 생겼슴메."

전화가 끊겼다. 속이 답답해서 미칠 것 같았다. 엄마가 밀수를 하다 잡혔다니. 엄마 걱정에 온몸이 삭아 내리는 것 같았다.

고난의 행군 시기가 지난 후, 여자들이 장마당에 나가 장사로 식구를 먹여 살린 것은 알고 있었지만 우리 집은 달랐다. 아빠가 정치수용소에 가기 전까지는 생활고를 몰랐다. 북한에서는 양귀비를 몰래 재배해 장마당에 나가 뒷거래를 하거나 중국을 오가며 밀수를 하는 사람도 있다는 말은 들었다. 하지만 엄마가 밀수했다는 건 믿을 수 없었다.

'밀수하다 잡히면 총살감이라는 걸 엄마가 모를 리 없는데……'

아빠에게 사정이 생긴 게 틀림없는 것 같다. 아무리 진정하려 해도 마음이 가라앉지 않았다. 밤새 뒤척이다 새벽 공기라도 마시고 싶어 정원으로 내려갔다.

안개에 싸인 동네가 유령 도시 같았다. 동네가 짙은 안개에 가려졌다. 가야 할 길이 보이지 않는 내 상황과 똑같았다.

"무슨 일 있니?"

정원의 나무를 손질하던 아저씨가 물었다.

"아닙니다."

차마 엄마 이야기를 할 수 없었다. 나는 조용히 앉아 개구리밥을 보았다.

'너나 나나 늘 여기저기 떠돌기만 하는구나!'

"또 넋 놓고 있네. 얼른 씻고 영업 준비해."

아저씨의 재촉에 무거운 몸을 끌고 안으로 들어왔다.

일은 하지만 허방을 딛는 것처럼 어질어질했다. 그런 와중에도 은우 말이 생각났다. 내 안에서 늘 꼬리표처럼 따라다니던 물음이었다.

'캐나다 국적이 내게 어떤 의미일까? 엄마는 감옥에 있다는데……. 분

명히 아빠를 구할 돈이 필요해서 밀수까지 했을 텐데. 나는 막연히 국적만 기다리고 있어야 하는 걸까?'

영업 준비를 하는데 으슬으슬 몸이 쨌다(아팠다). 점심시간이 가까워지자 눈코 뜰 새 없이 바빴다. 손님이 떼로 우르르 들어와 자리가 없을 정도였다.

옷차림과 말씨로 보아 서울에서 온 관광객이었다. 이제 남조선에서 온 손님들은 한눈에 알아볼 수 있었다. 대부분 화장도 진한 편이고 옷 색깔도 화려했다. 남자 손님들은 이상하게 등산복 차림이 많았다. 손님들은 참새 떼처럼 떠들며 제각각 다른 메뉴를 골랐다. 나는 손님들이 주문한 메뉴를 받아 적었다. 그런데 음식이 나오고 나니 엉망이었다.

"불고기백반 시켰는데 돼지불백이네. 해물된장국 시킨 건 까먹었나? 오징어덮밥은 두 갠데 세 개나 나왔고. 이렇게 엉터리로 장사하는 데가 어디 있어? 맛집이라고 해서 왔는데……. 사장 나오라고 해!"

한 아주머니가 주방에 대고 걸걸한 목소리로 소리를 질렀다.

주방에서 일을 돕던 아저씨 얼굴이 사색이 되었다. 앞치마를 두른 채 아저씨는 손님들에게 사죄 인사를 드렸다.

"죄송합니다. 저희 알바가 서빙이 아직 익숙지 않아서요. 다시 정성껏 준비해서 갖다 드리겠습니다. 주문해 주시겠습니까?"

"됐어요! 우리 바쁜 사람들이거든요. 기다렸다 식사할 시간 없으니까 환불해 주세요. 여행 기분 잡친 거 손해배상까지."

아주머니가 거세게 대들자 일행들이 "맞아요!"를 연발했다.

"여기 환불해 드려요."

아저씨가 카운터 아줌마에게 지시했다. 카운터가 나를 힐끔거리며 환불해 주었다. 화낸 아주머니가 돈을 손에 쥔 채 찬바람을 일으키며 나가자 일행들도 썰물처럼 빠져나갔다. 머릿속이 하얘지고 아저씨를 볼 면목이 없었다. 나는 손님들이 남기고 간 남은 소주를 부어 식탁의 때를 닦으면서도 손이 부들부들 떨렸다. 저녁 손님이 뜸해지자 아저씨가 앞치마를 벗으며 정원으로 나갔다.

"뒷정리는 두고 좀 나와 봐."

아저씨는 화가 단단히 난 목소리로 말했다.

"죄송합니다. 앞으로는 조심하겠습니다."

"북에서 혼자 왔다고 해서 당차게 봤더니. 완전 맹물이네. 그런 식으로 일하면 나도 봐주기 힘들다."

쫓겨나나 싶어 왈칵 눈물이 쏟아졌다.

"네가 강해져야 살아난다는 뜻이야."

아저씨의 찡그린 얼굴이 조금 풀어지는 것 같아 마음이 놓였다.

"잡초는 잠시 틈을 주면 이렇게 쑥쑥 자란다니까. 사람도 마찬가지야. 쓸데없는 생각을 하면 마음이 잡초 밭이 되는 법이지. 머리가 복잡할 때마다 여기 나와서 풀이나 뽑아."

아저씨는 내게 말을 하면서도 연신 잡초를 뽑았다. 아저씨의 말투가 부드러워진 걸 보면 쫓겨날 것 같지는 않아 다행이었다.

'아저씨가 시간만 나면 나무를 만지고 화단의 풀을 뽑은 건 뭔가를 잊기 위해서였나?'

"잡생각은 집어치우고 얼른 마무리하고 올라가 자."

안으로 들어와 소독된 수저를 종이에 끼우고 있는데 손전화가 부르르 떨었다. 가슴이 뛰었다. 나는 함께 숟가락을 끼우던 주방 아줌마들의 눈치를 보며 전화를 받았다. 기다리던 남자의 목소리였다.

"여기 연길임!"

"엄마는 어찌 됐습네까?"

"유치장서 넘어가게 생겼다고 안 했슴? 날래 손을 써야 하는데. 돈 준비됐슴?"

그렇게 믿고 싶어서일까. 남자가 엄마를 진심으로 생각해 주는 것 같았다. 밤새 고민했던 사기꾼은 아닐 거란 믿음이 생겼다.

"돈만 보내면 엄마가 풀려납네까?"

"말이라구 함? 그치 않음 비싼 전화비 들여 전화하겠슴? 내래 특수 요원으로 활동하는 사람이니까니 믿어도 됨! 의심병은 버리라우!"

"당장 칠천 불은 안 되는데 어쩝네까?"

"그럼 되는 대로 보내고……. 내가 여기서 변통해 볼 테니까니 나중에 갚을 수 있갔슴?"

특수 요원이라는 아저씨가 통장 번호를 알려 준 뒤 전화를 끊었다. 부족한 돈을 빌려준다는 말에 신뢰가 갔다. 아니 사기를 당한다 해도 뭔가를 해야 될 것만 같았다. 엄마를 구하는 일인데 지체할 시간이 없었다.

배낭 속에 감춰 둔 돈을 확인하러 다락방으로 가려다 아저씨와 눈이 마주쳤다.

"무슨 전환데 혼 빠진 사람처럼 허둥대? 엄마한테 무슨 일 생겼지?"

"엄마가…… 연길 감옥에……."

엄마 말이 나오자 목이 메었다.

"누가 전화했는데?"

"엄마를 도와주는 특수 요원이래요. 지금 돈 쓰지 않으면 위험할 것이라고……."

"잠시만, 연길 어디라고 하디?"

"자세히 모르겠어요. 그냥 엄마가 밀수하다 잡혔다는 말 외에는……."

"밀수라……. 그렇게 함부로 돈 보내고 그러면 안 돼. 내가 좀 알아볼게."

아저씨는 모든 걸 다 알고 있는 것처럼 말했다.

"돈 날래 안 보내면 엄마가 다칠까 몹시 걱정임네다."

나도 모르게 애써 쓰지 않던 북한 말이 또 나오고 말았다. 아저씨가 깐깐하긴 해도 의지가 되기 때문이었다.

"여기 캐나다한인협회에 인권 운동하는 사람들한테 물어볼 테니 기다려 봐."

전화를 건 남자가 사기를 치는 것 같지는 않지만 아저씨 말도 무시할 수 없었다. 답답해서 마당으로 나와 정원에 핀 꽃을 보았다. 아무 근심 없이 찬란하게 핀 꽃들이 부러웠다. 하얀 민들레를 보았다. 북경에서 마지막으로 본 엄마의 얼굴처럼 파리했다.

"도희야, 도희야……."

엄마 목소리가 환청처럼 들렸다.

"오마니……, 엄마."

엄마는 물론 아빠까지 쥐도 새도 모르게 어딘가로 사라질 것만 같았다. 영영 나 혼자만 남을 것 같은 생각에 온몸이 녹아내릴 것 같았다. 정처 없이 어딘가로 떠나고 싶었다. 나는 무작정 아리랑을 나와 거리로 나섰다.

＊

도희와 나는 다르면서도 같은 부분이 있는 것 같다. 어딘가를 떠도는 영혼이랄까. 그래선지 캠핑을 다녀온 후 도희와 더욱 친해진 느낌이다. 도희는 늘 식당에서 일해야 하니 나와 놀 시간이 없는 게 아쉬우면서도 도희를 보면 내가 철없이 살고 있는 것 같아 눈치가 보였다.

아리랑에 갔다가 오피스텔로 걸어오는데 핸드폰이 울렸다. 엄마였다.

"학교는 잘 다녀왔지? 엄마 지금 밴쿠버 공항이다. 나올 필요는 없다. 택시 타고 갈 거니까."

완전 기습 작전이다. 인천 공항도 아니고 밴쿠버 공항이라니.

나는 얼른 숙소로 들어왔다. 팽개친 캠핑 용품을 옷장 깊숙이 넣었다. 방을 둘러보니 먹다 남은 스파게티가 딱딱하게 굳었고, 담배꽁초가 보이고, 벗어 놓은 옷들이 여기저기 나뒹굴었다. 가사를 짓다 만 종이들도 흩어져 난장판이다.

정신없이 집을 치우는데 딩동딩동, 벨소리가 신경질적으로 울렸다. 엄마는 들어오자마자 감시자의 눈으로 집 안을 훑었다. 그런 엄마의 얼굴이 딴사람 같았다. 보톡스를 과하게 맞았는지 뭔가 균형이 안 맞고 뒤틀렸다.

"아들! 진짜 너무한다. 이럴까 봐 엄마가 밥해 주고 청소해 주는 하숙 홈스테이 하자고 했잖니. 그렇게 혼자 산다고 우기더니 이게 돼지우리 지, 집이니?"

엄마 잔소리에 머리가 지끈거렸다.

밴쿠버행 비행기를 마트 가는 것처럼 수시로 타는 것이 아들의 방을 청소해 주기 위함인 듯 엄마는 집을 치우느라 정신이 없었다. 하긴 엄마가 다녀간 뒤로 청소를 한 적이 없긴 했다.

"콩나물 대가리가 그려진 종이가 왜 이렇게 많아? 너 혹시? 그 많은 과외 선생 죄다 자르더니…… 뭔가 수상해!"

가사와 곡을 만들다 버린 종이를 엄마가 내 앞에 들이댔다.

엄마의 콧잔등에 땀이 송송 맺혀 있었다. 아뿔싸, 엄마가 하라는 공부는 않고 노랫말을 적고 편곡이나 하고 있다는 걸 알면 죽음이다. 일단 급한 불부터 꺼야 했다.

"학교 숙제……. 직접 쓴 가사와 곡을 발표해야 하거든."

"선생님이 한글도 아냐? 모조리 한글이네. 지난번에도 그랬던 것 같고. 너 딴짓하는 거 아냐?"

엄마 목소리가 높아졌다. 아무래도 나를 못 믿겠다는 표정이다.

"어쩐지 마음이 편치 않더니. 오죽하면 이렇게 달려왔겠니? 안 되겠다. 내일은 학교에 가 봐야지."

엄마가 뭔가 단단히 마음먹은 게 틀림없었다. 학교에 가면 모든 게 드러날 테고, 그다음 일은 생각하기도 싫었다.

"엄마, 내가 영어가 달리잖아. 먼저 한글로 적은 뒤 영어로 번역하려고."

"네가 영어를 배운 세월이 얼마니? 거기다 캐나다에 온 지 일 년이 다되어 가는데 영어가 안 된다고?"

엄마는 집요했다. 지금까지의 엄마가 결코 아니었다. 이번에는 눈빛부터 달랐다.

"아리랑 아저씨를 만나야겠다. 통역도 부탁하고."

엄마는 청소기를 내려놓고 신발을 신었다. 뜨끔했다. 아저씨는 내 편인 듯싶지만 엄마와도 긴밀한 관계 아닌가. 엄마를 아리랑에 소개한 게 후회됐다. 나는 엄마를 말려야겠다는 생각으로 문을 나섰다. 하지만 엄마가 탄 엘리베이터는 이미 아래층을 향해 내려가고 있었다.

"사장님, 그동안 별일 없죠? 어휴, 아리랑은 늘 똑같네. 우중충하니……, 실내 변화도 좀 주고 그래 봐요. 요즘 손님들 눈높이가 얼마나 높은데."

엄마는 마치 옆집에 놀러온 사람처럼 말했다. 너무 거리낌 없이 말하는 엄마가 모르는 사람이면 싶었다.

나는 도희가 있나 두리번거렸다. 다행히 도희는 보이지 않았다. 엄마의 걸걸한 목소리에 아저씨가 엄마를 맞았다.

"먼 곳까지 자주 오시네요. 얼마 전에도 다녀가시지 않았나요?"

"제가 발 뻗고 잘 수가 없으니 어쩌겠어요? 도대체 아들이 캐나다에서 뭘 하는지 알 수가 있어야지요. 내일 저랑 학교에 같이 가 주실 수 있죠? 통역비는 두둑이 드릴게요."

돈부터 앞세우는 엄마가 정말 창피했다.

"자식은 평생 짐이라고 하잖습니까."

아저씨가 그냥 넘기려고 하는데 엄마가 만만치 않았다.

"잘못된 잎은 애당초 싹을 잘라야죠. 낼 통역해 주실 수 있죠? 시간 뺏은 거 서운치 않게 보상할게요. 자식 키우는 게 이렇게 힘든 줄 몰랐다니까요. 사장님만 믿어요."

엄마는 끝까지 매달릴 태세였다. 아저씨가 내 눈치를 보며 마지못해 대답했다.

"뭐, 제가 영어 실력이 유창한 건 아니지만 따라가 드리긴 할게요."

"낼 오전에 올게요. 여기서 가장 비싼 걸로 주세요."

엄마는 아리랑에서 가장 비싼 연어 코스 요리가 나오자 굶은 사람처럼 게걸스럽게 먹었다. 신기한 것은 음식을 먹으면서도 수다를 떤다는 거였다. 아저씨는 건성으로 듣는 것 같았다. 그때 어디를 다녀오는지 해쓱한 도희가 보였다.

"어딜 쏘다니냐? 아저씨가 변호사 만나 본다니까."

"아저씨, 죄송해요. 저 몸이 안 좋아서……."

도희는 그대로 다락방으로 올라갔다.

'무슨 일 있나?'

나는 엄마가 신경 쓰이기도 했지만 도희 걱정이 더 컸다.

아저씨와 학교에 다녀온 엄마 얼굴이 벌겋게 달아올라 있었다. 엄마는 성난 사자처럼 펄펄 뛰며 소리를 질렀다.

"학교에 간 날보다 결석한 날이 더 많더구나. 네가 비싼 돈 들여 여기까지 와서 백수 노릇을 한단 말이지? 어쩐지 불안불안 하다 했어. 엄마 뒤통수를 쳐도 유분수지. 부모가 뒷바라지 다해 주는데 제 밥그릇도 못 찾아 먹는 놈."

올 것이 오고야 말았다. 엄마의 불같은 호령에도 이상하게 기분이 나쁘지 않았다. 오히려 잘 됐다 싶었다. 가면을 벗을 시간이다. 그동안 엄마를 속이느라 연기하는 것도 쉽지 않았다. 맞아야 할 매라면 빨리 맞는 게 낫다.

"남들보다 잘되라고 유학까지 보냈더니…… 내가 창피해서……."

엄마가 투자한 돈에 비해 소득이 없는 게 죄송하긴 했다. 하지만 나도 어쩔 수 없었다. 아무하고도 소통이 안 되고 배우고 싶은 것도 없는 학교. 투명 인간으로 사는 게 나도 힘들었단 말이다.

"당장 짐 싸. 내가 널 너무 믿고 방치했지. 누굴 탓하겠니, 내 잘못이지."

내가 가만히 있자 엄마는 정신을 놓은 사람처럼 울부짖었다.

"난 대학을 가고 싶어도 못 간 게 평생 한이라…… 내 아들은 원 없이 공부시키고 싶었는데. 그것도 맘대로 안 되니 어쩜 좋냐? 더러운 내 팔자."

엄마의 레퍼토리가 또 시작됐다.

"비행기 표 구할 테니 그런 줄 알아."

잠시 풀이 죽었던 엄마가 단호하게 말했다.

나는 엄마를 이기는 방법을 알고 있다. 내가 더 세게 나가는 것. 오랫동안 생각한 것을 말할 때가 온 거다.

"내가 여기서 놀기만 한 줄 알아? 나름대로 생각한 게 있다고. 뮤지션을 키우는 음악 학교에 다닐 거야. 서울에는 절대 안 가."

엄마는 졸도 직전이었다. 나는 처음으로 내가 하고 싶은 것을 하기로 마음먹었다. 꿈조차 맘대로 꿀 수 없는 도희에 비하면 난 선택받은 존재라는 걸 알았기에.

"딴따라는 안 돼. 나랑 같이 서울에 가서 차라리 국제 학교에 다니자. 어차피 돈 드는 건 마찬가진데, 그게 낫겠어."

엄마도 만만찮았다.

"엄마, 난 국제 학교에 갈 자격도 안 돼. 내게 시간을 좀 줘. 여기서 정말로 영어 공부 열심히 할게."

일단은 엄마를 진정시키는 게 우선이었다. 무엇보다 이번만은 내 마음이 시키는 대로 해 보고 싶었다.

"진짜지? 이번이 마지막이다."

엄마는 스스로 지쳤는지 목소리에 힘이 빠졌다. 그래도 비행기를 타기 전까지 끊임없이 잔소리를 늘어놓았다.

일주일 후, 엄마가 한국으로 떠나자 나는 속으로 외쳤다.

'이제 나는 나로 살자!'

그리고 다음 날, 과외를 맡았던 알바 누나의 도움으로 밴쿠버 시내에 있는 뮤지션 스쿨에 찾아가 상담했다. 규모가 크거나 유명한 학교는 아니지만 음악에 열정을 가진 학생들이 많은 것 같아 마음에 들었다.

'진짜 좋은 노래를 만들어야지.'

모처럼 콧노래를 부르며 학교 밖으로 나왔다. 학교 화단에 핀 하얀 민들레가 빙그레 웃어 주는 것 같았다. 불현듯 도희가 보고 싶었다. 나는 힘껏 아리랑을 향해 달렸다.

*

가게를 나와 누군가를 만나고 싶지만 딱히 만날 사람이 없었다. 은우가 보고 싶긴 했지만 어머니가 계시니 선뜻 연락할 수 없었다. 하릴없이 거리를 걸었다. 대형 시계에서 증기 빠지는 소리가 들렸다. 마음이 헛헛했다. 다국적 언어로 된 간판들 앞에 서니 주눅이 들었다. 당당한 모습으로 걷는 외국 여자들에 비해 내가 한없이 작아 보였다. 그들이 나누는 대화를 알아들을 수 없다는 것 또한 서글펐다.

처음 밴쿠버 공항에 도착하던 날의 막막함이 떠올랐다. 캐나다에서 살려면 영어를 해야 하는데 일하기 바빠 영어 공부를 못 했다. 캐나다에 와서 달라진 건 없다. 오히려 더 높은 산이 나를 기다리고 있을 뿐. 도대체 엄마 문제를 어떻게 풀어야 할지 모르겠다.

먹자골목으로 들어서는 사람들의 발길에 힘이 넘쳤다. 삼삼오오 모여 웃고 떠들며 거리를 활보하는 사람들을 부러운 눈길로 보았다.

'얼음과자를 먹으며 즐거워했던 동무들은 지금 무엇을 할까?'

평양에서 살던 때가 그리웠다. 평양 시내에 있던 집은 고급은 아니지만 초라하지도 않았다. 우리 집은 일 층이라 작은 텃밭도 가꿀 수 있었다. 엄마도 학교에 나가느라 바빠서 텃밭에 미나리아재비만 키웠다. 미나리아재비는 저절로 컸다. 이상하게 고향을 생각하면 독특한 냄새로

입맛을 자극하던 미나리아재비가 떠올랐다. 고향 생각을 하니 현실이 더욱 암담했다.

"엄마, 아빠…… 보고 싶습네다."

정처 없이 걷는데 눈앞에 'Gastown High School'이라는 교문이 보였다. 2층으로 된 깔끔한 건물마다 작은 화단이 있었다. 나도 모르게 학교 운동장 안으로 들어가 그네에 앉았다. 교정에는 아무도 없었다.

'캐나다에 오면 공부는 실컷 할 줄 알았는데…… 난 지금 무얼 하고 있는 거지?'

더 앉아 있으면 안 될 것 같아 밖으로 나왔다. 더 걸을까 하다가 아리랑 가는 길조차 잊을까 두려웠다.

아리랑 문이 이미 닫힌 줄 알았는데 룸에 불이 훤히 켜 있어 놀랐다. 가게 안으로 들어서자 은우가 나를 향해 손짓했다. 은우에게 인사하려는데 화려한 차림의 아줌마가 보여 멈칫했다. 은우 엄마라는 걸 금방 알 수 있었다.

은우 엄마는 인상이 강했다. 이목구비가 뚜렷하고 키도 크며 살집도 꽤 됐다. 아저씨와 말할 때도 싸움닭처럼 목소리가 컸다. 은우와는 전혀 달랐다. 아저씨에게 엄마 문제를 의논할까 했는데 안 될 것 같았다. 나는 다락방으로 맥없이 올라왔다.

불도 켜지 않은 채 전전긍긍 손전화기만 바라보았다. 돈 보내라는 전화가 또 올까 봐 걱정했던 게 후회됐다. 독촉 전화여도 좋으니 손전화기가 울렸으면 했다. 아무것도 손에 잡히지 않아 애꿎은 서랍만 여닫았다. 리버풀에서 받은 난민증이 보였다.

'캐나다 국적이 무슨 의미가 있을까?'

엄마와 다시 만날 수 없다면 모든 게 무의미할 것 같았다.

"도희야, 자니?"

"아뇨, 아저씨. 내려갈게요."

나는 아저씨의 목소리를 듣자마자 아래로 내려갔다.

"은우 엄마 갔다. 은우도 많이 힘든 것 같더라. 아무튼 문제 없는 집이 없구나."

은우에게 무슨 일이 생겼나 싶었지만 내 문제가 더 급해 다른 이야기를 기다렸다.

"인권 변호사 통해 알아봤는데 돈을 부치는 건 위험한 것 같다. 차라리 일을 처리해 줄 테니 수고비를 달라고 했으면 믿을 만해. 보통의 브로커들은 돈을 전했다는 걸 확인시킨 뒤에 밀린 돈을 요구한다는구나. 그런데 너한테 전화한 사람은 엄마가 감옥에 있으니 무작정 돈을 부치라고 했다면서? 믿을 만한 사람이 아닌 것 같다."

"그럼 어떡해요? 전화 온 아저씨의 말이 사실이면요? 그러다 북송되면요? 엄마를 구할 다른 방법이 없잖아요."

절망적인 말을 들려주는 아저씨에게 화풀이하듯 따졌다.

"얘가 왜 나한테 그래, 나도 애써 도와주는데. 좀 기다려 봐. 일단 돈은 보내지 말고."

"나는 국적이 필요한 게 아닌 것 같아요. 엄마를 구하는 게 먼저지."

동의를 구하는 내 눈빛을 피하며 아저씨가 정원으로 나갔다. 아저씨는 밖에서, 나는 식당 의자에서 한참을 그렇게 있었다. 그러다 아저씨에게 미안해져 밖으로 나갔다.

"그래, 네 말이 맞는지도 모른다. 영주권만 얻으면 모든 게 다 되는 줄 알지만 낯선 타국에서 사는 건 만만치 않아. 말도 안 통하지, 학교도 다녀야지, 너 혼자서 감당할 수 있겠니? 난민 신청하러 혼자 온 것 자체가 무리였던 거지."

정곡을 찌르는 아저씨 말이 틀린 건 아니지만 엄마의 판단을 비판하는 것 같아 서운했다.

"아저씨, 우리 엄마 아빠가 무사할까요?"

"그래. 나도 고향에 두고 온 가족이 이리 보고 싶은데 넌 오죽하겠냐. 널 보고 있으면 가슴이 답답하다. 이래서 널 받지 않으려 한 건데……. 어쩌겠니? 방법을 찾아보는 수밖에."

조명등에 비친 아저씨의 얼굴이 십 년은 더 늙어 보였다.

일주일 후, 새벽부터 아저씨가 나를 불렀다. 다락방에서 보이는 구상나무에서 새들의 지저귐이 들렸다.

"얼른 외출 준비해라. 시내에 있는 인권 변호사실에 접견 예약해 놨으니까."

뜻밖의 말에 놀랐다. 아저씨가 이렇게 신경을 써 주니 몸 둘 바를 몰랐다.

아리랑 가까운 곳에 있는 사무실로 아저씨를 따라 들어갔다. 짧은 머리의 중년 남자가 보였다.

"인사 드려라. 인권 변호사님이셔."

나를 변호사에게 소개시킨 뒤 아저씨는 먼저 가게로 돌아갔다.

"반가워요. 서인후 변호삽니다. 사장님한테 얘기 많이 들었어요. 북에서 왔다고요? 간혹 탈북자 중에 캐나다 난민 신청하러 오는 경우가 있어요. 대부분 대한민국에 갔다가 오는 경우인데 도희 양은 특수한 케이스이긴 해요."

아저씨가 나에 대해 대충 이야기를 해 놓은 것 같았다.

"전화 온 브로커는 연락이 없죠?"

변호사가 어떻게 알았을까 싶어 나는 세차게 고개를 끄덕였다.

"계좌 번호를 알려 주고도 전화가 없는 건 사기일 확률이 커요. 정말이라면 긴박한 상황일 테고 일을 진행하기 위해서라도 또 전화를 하겠죠. 자신들의 계획을 알려 주기도 하고요. 얼마를 요구했다고 했죠?"

"칠천 불……."

"금액도 너무 커요."

변호사의 말을 듣고 보니 그럴 듯싶었다.

"자, 차근차근 이야기하면서 비상구를 찾아보자고요."

변호사는 메모를 하며 나의 이야기를 들었다. 내 이야기를 하는데도 남 이야기를 하듯 줄줄 말이 나왔다. 한참 이야기를 하다 보니 점심때가 되었다.

"고생이 많았네요. 이야기 잘 들었고요. 내가 관계 부처에 다니며 직접 서류 접수하고 절차를 밟도록 할게요. 대한민국 국정원에 연락하면 서울에 들어가는 건 크게 문제되지 않을 거예요."

변호사는 귀 기울여 내 이야기를 듣더니 구체적인 방안을 찾겠다고 했다.

"도희 양은 엄마를 찾아 연길로 가고 싶어 하지만 그건 어려워요. 연길에 간다고 해서 엄마를 찾는다는 보장도 없고, 거긴 탈북자를 북송시키는 데 혈안인 지역이잖아요. 남한으로 가는 게 나을 겁니다. 엄마와의 연락도 서울이 훨씬 빠를 거고요."

연길이든 서울이든 중요한 건 엄마를 만나는 일이다. 서울에 가면 엄마와 연락할 수도 있다는 말이 어둠의 빛처럼 다가왔다.

변호사를 만난 지 한 달 만에 서울행 비행기 티켓을 받았다. 다음 주면 나는 인천행 비행기에 오르게 될 것이다. 변호사가 모든 절차를 밟아 주어 기적적으로 생긴 기회였다.

"한국에 가서 잘 적응하기 바라요."

눈에서 빛이 나는 변호사가 담담한 어조로 말했다.

"변호사님, 한국에 가면 엄마와 정말 연락이 될까요?"

"글쎄요. 하지만 한국에서 엄마를 찾는 길이 훨씬 더 유리한 것만은 확실해요. 희망을 갖고 기다려 보면 좋은 일이 생길 겁니다."

변호사님의 말이 위로가 되었다. 정말 한국에 가면 엄마와 연락이 닿을 것 같기도 했다. 새로운 세계에 대한 두려움 또한 컸다.

"그동안 애썼다. 엄마를 꼭 만나기 바란다. 그리고 이거 정원의 구상 나무로 만든 연어다. 가족이 보고 싶을 때마다 만들어 본 거다."

아저씨가 나무로 만든 연어 조각을 보자 만감이 교차했다. 스톤 계곡에서 본 연어 생각이 났다.

'나도 연어처럼 엄마를 찾아 힘차게 나가야 해. 아무리 파도가 거세게 몰려와도 가야 해. 그게 내가 할 일이 아닐까?'

나는 다락방으로 와 구석에 둔 붉은 배낭을 꺼내 짐을 꾸렸다. 한문으로 가득한 누런 책자도 담았다. 아빠를 만나면 꼭 전해야 할 물건이라는 생각에 깊숙이 간직했다. 캐나다에서 지낸 흔적이 될 연어 조각을 넣으며 중얼거렸다.

'연어야, 날 좀 도와줘. 난 가족을 꼭 만나야 해!'

자리에 누웠지만 뒤척이느라 새벽녘이 되어서야 설핏 잠이 들었다. 좁지만 아늑한 다락방에서의 마지막 밤은 무섭도록 고독했다. 또 떠나야 한다는 압박감이 목을 죄었다. 캐나다에서 만난 유일한 동지, 은우를 떠올렸다. 가슴이 따뜻해지는가 싶더니 은우와 헤어질 생각에 이내 가슴이 아릿해 왔다.

*

뮤지션 스쿨에서 상담 마치고 오다가 도희가 보고 싶어 아리랑에 들렀다. 점심시간이 조금 지났는데 식당이 썰렁했다. 아저씨는 물론 일하는 아줌마들도 모두 쉬는지 조용했다. 도희가 보이지 않았다. 할 수 없이 그냥 나오는데 아저씨가 들어왔다.

"은우가 엄마를 이긴 것 같던데. 하긴 자식 이기는 부모는 없으니까. 그래도 내가 엄마 첩보원이라는 거 잊지 마."

아저씨는 엄마에게 뇌물을 두둑이 받았는지 활짝 웃었다. 뇌물을 먹었다 해도 진심으로 내 보호자 역할을 해 주는 아저씨가 좋았다.

"도희 어디 갔어요?"

"서울 갈 채비하느라 시내에."

"네? 서울에 간다고요? 캐나다에 온 지도 얼마 안 됐잖아요. 왜 가요?"

"여기선 난민 신청이 어렵단다. 서울에 가야 엄마를 찾기도 쉽고."

'이제 막 친구가 생겼는데 떠난다니.'

아리랑을 나오는데 도희가 뭔가 골똘히 생각하며 들어오고 있었다.

"어디 다녀와?"

도희가 놀란 얼굴로 날 바라보았다.

"서울 간다며?"

"어? 응. 엄마는 가셨어?"

도희는 아저씨와 이야기할 때는 평양말을 쓰기도 하면서, 나에게는 표준말을 쓰려 애썼다. 그 이유를 물었더니 그냥 씨익 웃었다.

"공원에 가서 얘기 좀 하자."

내가 잘 가는 공원으로 도희를 안내했다.

"캐나다에 처음 발을 디뎠을 때 갈 곳이 없어 헤매다 여기에 온 적이 있어. 그때 자전거 타고 가던 동양 남자아이를 봤었지."

"혹시 나 아니었을까?"

나는 농담 삼아 장난스레 말했다.

"맞아! 너였어. 아리랑에 네가 나타났을 때 한눈에 알아봤지."

"정말? 그런데 왜 말 안 했어. 우린 만나야 할 사람이었나 봐. 그런데 왜 뜨냐?"

나는 고백을 겸해서 당차게 말했다. 도희가 무슨 말이냐는 눈빛으로 멀뚱히 날 보았다.

"왜 서울에 가냐고. 나랑 여기서 학교 다니면 좋을 텐데. 나도 너랑 같이 공부할 방법을 찾아보려고 했는데……."

"난 학교에 다닐 수가 없어."

"아냐. 여기 여행 왔다가 불법체류자로 남은 사람들도 정부에서 어학 연수도 시켜 주고 직업 훈련도 시켜 준대. 그런 방법들을 좀 찾아보다가 난민 신청도 적극적으로 해 보면 될 텐데……. 왜 포기해?"

나는 인터넷에서 수집한 정보를 말했다.

"지금, 엄마가 위험에 빠진 것 같아. 나는 엄마를 먼저 만나야 해."

무슨 일인지는 모르지만 더 이상 붙잡을 수 없는 대답이었다.

나는 자판기에서 음료수를 꺼내 도희에게 건넸다. 새들의 지저귐이 공원에 퍼지는 잔잔한 음악과 어울려 평화로웠다. 하지만 도희와 나는 평화롭지 않았다.

"난 네가 부러워. 엄마에게 맘대로 떼쓸 수 있고…… 잔소리하는 엄마가 곁에 있다는 게 말이야. 거기다 너네 엄마는 자식을 위해서라면 먼 길도 단숨에 달려올 만큼 열정적이시잖아. 너와 난 근본부터 달라. 나는 꿈조차 없어. 그저 도망자일 뿐. 네가 나와 같다는 말은 틀려."

평소와 달리 도희가 투정 부리는 아이 같기도 하고, 다 산 노인 같기도 했다. 그러면서도 나를 철없는 동생처럼 대하는 것 같아 서운했다.

"네가 힘든 건 알겠는데…… 사람마다 사연은 다 있거든. 나도 마찬가지고."

나는 날 선 말투로 답했다.

"그건 정말 행복한 비명이야."

도희는 작정한 듯 자신이 살아온 이야기를 털어놓았다. 말을 하는 내내 도희는 흥분하지 않으려 애를 썼다. 이야기를 듣는 내내 소름이 돋았다. 그런 세상이 있다는 게 놀랍기만 했다. 나와 동갑인 도희가 그 많은 일들을 어떻게 견뎠는지 대단해 보였다. 나는 아무 말도 못 하고 조용히 공원에 있는 화장실로 발길을 옮겼다.

화장실을 나오기 전 거울 속의 내 모습을 보며 중얼거렸다.

"넌 정말 배부른 돼지로 살았어. 이제부터라도 좀 잘 해라. 이은우!"

"얼른 가자. 아저씨가 걱정하겠네."

화장실에서 나오자 도희가 말했다.

"서울에 가도 연락하자. 방학 때는 내가 갈 거니까 얼굴도 보고."

나는 도희의 손이라도 잡고 싶었지만 꾹 참았다.

"나도 막막한 캐나다에서 너를 만나서 좋았어. 근데 서울에 가도 여기처럼 혈혈단신이라 무슨 일이 있을지 몰라. 나를 받아 줄지도 미지수고. 일단 가 보는 거야."

"난 음악 공부 열심히 해서 너를 위해 노래 만들게. 진짜로."

"응, 좋겠다. 맘껏 공부할 수 있어서……."

도희가 진정으로 부럽다는 듯이 말했다.

내가 그토록 지겨워하는 공부를 도희는 저토록 하고 싶어 하다니, 아이러니였다. 아리랑까지 도희를 데려다주고 나오는데 기분이 묘했다. 내가 아무것도 해 줄 수 없다는 게 아쉽고 서글펐다. 언젠가는 도희를 위해 무엇이든 해 주고 싶었다.

"떠날 준비 잘 해."

"너도 새 학교에서는 땡땡이치지 마."

도희가 애써 농담을 건넸다. 그러곤 주방으로 들어가 앞치마를 둘렀다.

아리랑 밖으로 나와 시내를 바라보는데 세상이 텅 빈 것 같았다. 헤어 진다고 생각하니 도희의 존재가 더욱 크게 느껴졌다. 도희는 내게 특별한 아이였다.

2부

서울
|
대한민국, 별세계에서

"먼저 가서 잘 지내고 있어. 방학 때 나가면 보자."

"서울에서 정말 다시 볼 수 있을까?"

밴쿠버 공항까지 나온 은우 덕분에 남조선이 좀 더 가깝게 느껴졌다. 시간이 되어 인천행 비행기를 탔다. 은우의 배웅 덕분인지 밴쿠버행 비행기를 탔을 때의 막연함과는 달리 고향에 가는 느낌이 들었다.

인천공항에 내리자 때 아닌 눈이 내렸다. 바람도 제법 찼다. 공항 어디에서든 영어가 아닌 한글로 된 안내 문구를 볼 수 있었다. 긴장이 풀렸다. 미래가 두렵긴 하지만 알 수 없는 기대도 컸다.

'남조선도 나쁘지 않은 것 같은데 왜 엄마는 캐나다를 택했을까?'

엄마 생각을 하며 일반인과는 다른 출구로 나가 국정원 직원을 따랐다. 깔끔한 옷차림만큼이나 각진 태도를 보였지만 그들이 두렵거나 무섭지는 않았다. 말이 통한다는 것만으로도 동지라는 느낌이 들었다.

"캐나다 이민국과 대한민국 국정원 관계자끼리 정보를 주고받은 상태니까 별문제 없을 거예요. 어쩌면 서울에 엄마가 먼저 나와 있을지도 몰라요. 밀수하는 탈북자들은 위험에 더욱 노출되어 있고, 그런 탈북자들이 대한민국에 대한 정보를 알고 난 뒤에는 탈북을 결심하는 경우가 꽤 되거든요."

서 변호사님의 말이 현실이 될 것 같다는 기대가 생겼다.

나는 국정원 직원을 따르면서 주위를 살폈다. 깨끗하면서도 웅장한 건물 자태에 깜짝 놀랐다. 겉으로 보기에는 캐나다보다 더 화려했다. 건물 위 하얀 눈에 반사된 햇살이 무지갯빛으로 빛났다. 남조선의 하늘 아래에서 시작될 나의 삶을 축복해 주는 것 같아 좋았다.

하루를 쉬고 난 뒤 열린 국정원에서의 심의는 어려운 질문도 있었지만 별문제 없이 진행되었다.

"권순진. 우리 엄마가 남조선에 와 있다는 정보는 없습네까?"

국정원에서는 알고 있을 것 같아 단도직입적으로 물었다.

"우리 정보망에는 도회 양 엄마나 아빠가 국내에 들어왔다는 소식이 없네요."

실망한 나를 보며 심의관은 소식이 오면 연락을 주겠다고 했다. 인자한 그의 얼굴을 보며 나는 적잖이 놀랐다.

'역시 한민족이라 다르구나!'

캐나다에서 인터뷰할 때 심드렁하고 무표정했던 심의관들과 비교되었다. 심의가 끝나자 안내원이 다른 탈북자들과 함께 나를 하나원으로 인도했다. 차로 한참을 달려 도착한 하나원은 꽤 넓은 공간에 세탁소, 체력 단련장 같은 시설들을 갖추고 있었다. 같은 날에 들어온 탈북자들끼리 입소식을 했다.

"이곳은 탈북자 여러분이 남한에 정착하기 위한 정거장이라고 생각하면 됩니다. 한마디로 징검다리 역할을 하는 곳이지요. 그러니 맘 놓고 먹고 싶은 거나 궁금한 게 있으면 언제든 담당자에게 말씀하세요. 남한 생활의 축소판이라 생각하고 많이 배우시기 바랍니다. 그래야 나가서도 당당하게 남한살이를 하게 될 겁니다."

오십 대로 보이는 여 선생님이 친절하게 설명했다.

나는 하나원에 와서야 탈북자가 생각보다 많다는 것을 알았다. 얼마 전에 제3국을 통해 왔다는 아주머니에게 혹시나 하고 엄마의 외모를 설명했지만 소용없었다.

'지금 엄마는 어디에 있을까?'

간단히 입소식을 치른 뒤 담당 선생님이 숙소를 정해 주었다.

"둘이 같은 방을 써야 해요. 다음 스케줄까지 쉬면서 짐 정리하세요."

선생님은 내가 머물 방을 안내하며 짝을 소개했다.

방문을 열자 한 여자아이가 머리 손질을 하고 있었다.

"오영화 학생! 오늘부터 같이 지낼 짝입니다. 잘 지내요."

나이 어린 원생들에게 말을 높이는 선생님이 낯설었다. 북에서는 상상도 못 한 일이었다. 방 짝이 나를 힐끔거리며 쳐다보았다. 하얀 피부에 이목구비가 뚜렷해 세련되어 보였다. 그 아이는 먼저 말을 걸지는 않았다.

나는 짐 정리를 하면서 방을 살폈다. 도배도 깔끔하고, 등도 밝고, 침대도 깨끗했다. 무엇보다 냉동고(냉장고) 안에 가득한 먹을거리를 보고 놀랐다.

'북한에서 온 가난한 사람들 홀리려는 거 아닌가? 남조선이 잘산다는 걸 보여 주기 위한 전시용품이 아닐까?'

확실히 남조선이 잘사는 것 같긴 했다. 북에서 배운 것과는 거리가 멀어 헷갈렸다. 두리번거리다 마술처럼 머리 손질을 하는 방 짝을 보았다. 미용 기구도 처음 보는 거였다. 나도 그 애처럼 마술을 부리듯 현란하게 머리 손질을 하고 싶다는 생각이 들었다.

"신기한 게 많지? 이걸로 머리를 둘둘 만 뒤 드라이기로 살살 쐬어 주면 볶음머리 같아져. 북한에서 쓰던 것과는 차원이 달라."

내 마음을 읽은 듯 불쑥 기기를 건넸다.

"고마워. 난 리도희야. 평양에서 왔어. 넌?"

북한 말을 듣자 가족을 만난 것처럼 반가웠다.

"오영화. 무산서 중국으로. 연길 여기저기 떠돌다 왔어."

목소리가 좀 쌀쌀맞았다.

"난 열아홉 살……. 너는?"

"아, 난 열일곱 살. 얼굴이 동안이라 내 동무인 줄 알았……어요. 언니……네요."

"내가 어려 보이긴 하지. 점심 먹으러 가자. 언니가 안내할게."

나보다 일주일 먼저 들어왔다는 영화 언니는 집주인처럼 말했다.

"먹고 싶은 대로 실컷 먹어. 여긴 배 터지게 먹고도 남아. 역시 남조선에 오길 잘했다 할 거야."

영화 언니가 내 식판에 닭다리를 올리며 말했다. 쌀쌀맞은 목소리와 달리 언니는 친절한 것 같았다.

"너도 북조선 말 안 쓰네! 남조선에서는 북조선 말 쓰면 무시당한다는 거 벌써 알았구나."

"왠지 서울말을 써야 할 것 같아서……."

정말 그랬다. 캐나다에서도 그렇고 그동안 남한 사람들을 만나면서 북한 말을 쓰는 게 여러모로 불편했다. 남한 생활에 빨리 적응하기 위해서라도 말부터 바꿔야겠다고 생각했다.

"내래 대한민국 국민이 되었으니까니 이제부터 서울말을 철저하게 쓰갓시오!"

농담하며 웃는 영화 언니가 인민 배우처럼 예뻤다.

나는 영화 언니와 함께 웃으며 나물, 육개장, 하얀 쌀밥을 먹었다. 고향 동무와 함께 먹는 밥은 정말 맛있었다. 엄마가 평양서 해 주던 밥맛 같았다.

'엄마 아빠, 나만 맛있는 밥 먹어서 미안해요. 얼른 만나요.'

맛있는 밥상을 보자 나도 모르게 부모님 생각이 났다.

"진짜 반찬 많지? 밥도 맛있고. 쓰레기통 뒤지던 때를 생각하면 여긴 지상낙원……."

나는 영화 언니를 물끄러미 바라보았다. 그런 나를 영화 언니도 의아한 얼굴로 쳐다보았다.

"아, 넌 평양서 왔다고 했지? 난 탄가루 풀풀 나는 무산에서 건너와 연길 국경선 일대를 돌아다니며 구걸하기도 했어. 중국 공안 눈치 보며 쓰레기통 뒤지는 게 얼마나 힘든 줄 평양 출신은 모를 거야. 국경선 거지를 꽃제비라고 하는 건 알지? 그때는 배가 고파선지 음식 찌꺼기도 끓여 먹으면 꿀맛이었는데……. 너처럼 명품 잠바를 입은 지식분자로 산 사람들은 절대 이해 못 할 거다."

영화 언니는 내가 입은 잠바를 보며 말했다.

'고생 많이 했구나…….'

영화 언니의 얘기를 듣고 있으니 조국이 무엇인지 살짝 헷갈렸다.

'우리 집은 아빠가 정치적인 문제가 있어서 그렇다 쳐도, 평범한 인민인 영화 언니가 조국을 떠난 건…… 조국에 뭔가 문제가 있기 때문 아닐까?'

점심을 먹은 다음에는 건물 내에 있는 작은학교에서 공부를 한다고 했다.

'남조선에서는 이렇게 학교도 보내 주고 모든 걸 풍족하게 해 주는데, 이 은혜를 어떻게 갚지? 그토록 하고 싶던 공부를 할 수 있게 되다니……. 정말 고맙다. 꿈이 아닐까.'

나는 누구라도 붙들고 절하고 싶은 심정이었다. 하나원 학교에는 열명쯤 되는 학생들이 같이 공부했다. 하지만 나이와 성별은 천차만별이었다. 스무 살이 넘어 보이는 언니, 열 살 정도 된 남자아이 등 각양각색이었다. 책상에 앉자 같이 평양에서 공부하던 동무들이 생각났다.

'내 동무들은 잘 있을까?'

잠시 후, 담임 선생님이 들어와 나를 소개했다.

"하나원 학교는 다양한 경로를 거쳐 온 학생들이 모인 곳이지요? 오늘도 새로운 친구가 왔어요. 자, 인사하세요."

선생님의 눈짓에 나는 앞에 나가 인사했다.

"저는 평양에서 제1고등중학교를 다니다 왔습니다. 〈로동 신문〉 기자였던 아빠가 정치수용소에 감금되면서 엄마와 저는 오지에 들어가 살다 도강했어요. 연길에 숨어 지내며 갖은 고생을 했습니다. 어느 날, 브로커의 말만 듣고 캐나다에 난민 신청하러 갔다가 우여곡절 끝에 남조선에 오게 되었습니다."

내 말에 학생들은 놀란 표정으로 웅성웅성거렸다.

"캐나다까지 갔다 왔다고? 나는 통행증 구하기 어려워 평양도 한번 못 가 봤는데. 거기다 아빠가 〈로동 신문〉 기자였다니. 태생이 지식분자였구나. 난 완전 무수리였는데."

영화 언니의 말에 반 아이들 모두가 동조하는 분위기였다. 순간 영화 언니와 눈이 마주쳤다. 입꼬리를 올린 미소가 왠지 예사롭지 않아 보였다. 탈북자끼리도 보이지 않는 경계선이 있다는 걸 처음으로 느꼈다.

3개월 동안 하나원에서 많은 것을 경험하고 배웠다. 이제 각기 제 갈길을 향해 나가야 했다. 기초 수업을 배운 작은학교도 떠나야 했다. 새해가 되었고 나도 슬슬 홀로서기를 해야 한다. 탈북 학생을 위한 대안학교와 일반 학교 중에 어디로 갈지 고민되었다.

"도희야, 진로 정했니? 넌 당연히 일반 학교에 가겠지. 평양 지식분자 출신이니까. 나 같은 무수리는 기술을 배워야지."

하나원 수료식을 하루 앞둔 날, 영화 언니가 비꼬듯 말했다.

영화 언니는 알수록 헷갈렸다. 수시로 나와 비교하고 자신을 비하하며 화를 내곤 했다. 그러면서도 샐샐거리며 나를 챙겨 주기도 했다.

"나는 머리 만지고 멋 내는 거 좋으니까 미용 학교가 딱이야. 기술 배워서 왕창 돈 벌어야지. 공부 잘하는 너는 좋겠다. 남조선에서도 출세 길이 뻥 뚫릴 테니까. 우리 라면 먹으면서 이별 파티하자."

하나원에서의 마지막 밤에, 언니가 라면 봉지를 들고 주방으로 들어갔다.

'이별 파티……, 또 낯선 곳으로 가는구나.'

구석에 둔 배낭을 꺼냈다. 챙길 것도 없어 짐 정리는 금방 끝났다.

언니가 라면과 함께 언제 준비했는지 과자와 음료수도 내놓았다.

"언니를 만나서 의지가 많이 되었어요."

라면을 먹으며 나의 이야기를 털어놓았다. 언니는 별 동요 없이 묵묵히 들어 주었다.

"너는 똑똑하니까 잘할 거야. 나야말로 앞으로 살 일이 까마득하지. 그래도 난 남조선에서는 절대로 거지처럼 살지 않을 거야. 맘만 먹으면 돈 벌 수 있다니까."

언니와 나는 얘기하느라 라면이 퉁퉁 분 뒤에야 먹었다. 그래도 맛은 일품이었다.

"국경선 일대를 돌 때 라면이 얼마나 먹고 싶었는지 몰라. 남조선에는 라면 먹으면 몸에 안 좋다고 난리라던데 난 맛있어."

언니가 라면 국물까지 후루룩 마시며 웃었다. 나도 국물까지 싹싹 비웠다.

나는 언니처럼 굶어 본 적은 없다. 이곳에 와서야 내가 북에서 얼마나 특혜를 받으며 살았는지 알게 되었다.

"내가 미용 기술 열심히 배워서 네 머리 해 줄 게. 넌 그 촌스런 단발머리부터 바꿔야 해."

"언니는 나보다 훨씬 더 잘 적응할 것 같아요. 언니가 참 부러워요. 언니 주민증은 잘 챙겼어요?"

어제 받은 주민증 생각이 나서 물었다.

"그럼, 내 생명인데."

언니는 바닥에 드러누웠다. 나도 따라 누우며 한참 수다를 떨었다.

어느새 언니의 코고는 소리가 들렸다. 나는 잠이 오지 않아서 살며시 일어나 배낭 앞주머니에 넣어 둔 주민등록증을 꺼냈다. 대한민국 국민이라는 걸 알리는 신분증을 얻기까지의 시간들이 주마등처럼 스쳐 갔다. 감회가 깊었다.

리도희 991222-2243×××

경기도 안산시 상록구 190-××

북한에서 보던 엄마 아빠의 공민증(북한 신분증)과 다른 신분증을 보니 기쁘면서도 마음이 복잡했다.

'나는 남조선 대한민국 국민, 아빠는 조선인민공화국 인민, 조국을 떠난 엄마는 어느 나라 사람일까? 내가 빨리 자리를 잡아야 해. 엄마를 찾고 아빠도 모셔 와야 해. 동포를 따뜻하게 받아 주는 남조선인데 엄마는 왜 캐나다를 택했을까? 엄마는 남조선의 상황을 잘못 안 게 분명해. 우리 가족은 반드시 만나야 해!'

다시 신분증을 배낭 깊숙이 간직하며 다짐했다.

하나원 수료식은 간단했다. 동포의 나라라 그런지 많은 분들이 도움을 주겠다고 약속했다.

"도희는 혼자지? 여기서 배운 것들 잘 기억하면서 살면 될 테지만 정 힘들면 연락해."

작은학교 담임 선생님이 손을 잡아 주며 말했다. 선생님과 인사를 나눈 뒤, 나는 하나원을 나왔다.

'또 혼자구나. 그래도 캐나다보다는 낫겠지.'

기대 반 두려움 반으로 시내를 향해 가는 버스 정류장을 찾았다. 담벼락 밑에 핀 노란 민들레가 작별 인사를 했다. 엄마가 민들레 뿌리로 약즙을 내 주었던 생각이 나자 울컥했다.

"엄마, 보고 싶어요."

나는 노란 민들레를 보며 중얼거렸다. 하늘을 올려다보니 검은 구름이 잔뜩 끼었다. 금방이라도 비가 쏟아질 것 같아 불안했다.

*

"미용은 아트입니다. 아트는 창조이기도 하지요. 그러므로 여러분은 창조자의 마음으로 미용의 모든 테크닉을 배워야 합니다."

'아트? 아트가 뭐임? 테크닉은 또 뭐고?'

나는 수업을 듣다 핸드폰을 열어 아트라고 쳐 봤다. 강사가 나를 쏘아봤다.

'남조선은 왜 이렇게 영어를 많이 쓰는 거야? 도대체 알아들을 수가 없네.'

"헤어 디자이너가 되는 루트는 다양합니다. 미용 학교를 마치고 잡을 잡아 나가는 길도 있고요. 해외에 나가 단기간 유학을 마치고 돌아오면 훨씬 많은 숍에서 여러분을 기다리지요. 여러분이 무엇을 초이스하느냐에 따라 라이프 스타일이 달라질 겁니다."

루트, 초이스, 라이프 스타일. 한글맞춤법도 잘 모르면서 영어 검색까지 하려니 힘들었다.

"선생님, 루트랑 잡이 뭡까?"

아이쿠, 나도 모르게 북한 말이 나와 버렸다. 수강생들이 일제히 나를 쳐다보았다. 영어를 모르는 것도 억울한데 북한 말 때문에 우습게 보이는 것 같아 속상했다.

"아, 미안. 탈북자라고 했죠. 뜻을 모르면 모르는 대로 넘어가세요. 자꾸 듣다 보면 절로 알게 돼요. 미용을 하려면 영어에 익숙해져야 해요. 영화 씨는 따로 영어 공부 좀 해야 될 거예요."

미용을 하려면 영어를 잘해야 한다는 건 금시초문이다. 이럴 줄 알았으면 처음 소개할 때 북에서 왔다는 말을 하지 말 걸 싶었다. 강사는 그냥 들으라지만 뜻도 모르는 단어가 계속 나왔다. 할 수 없이 또 스마트

폰 사전을 뒤졌다.

수업이 끝난 뒤, 강사가 점잖으면서도 단호하게 말했다.

"불쑥불쑥 질문해서 수업 방해는 말아 줘요."

'내게 미용은 버거운 건가? 내가 꿈꾼 남조선 생활이 무너지면 안 되는데······.'

자유의 땅인데도 자유롭지 못했다. 보이지 않는 밧줄에 얽매인 느낌이랄까. 국경 지대에서 꽃제비로 생활할 때는 먹는 것과 중국 공안의 눈만 피하면 됐는데, 지금은 마음이 길을 잃을 때가 많았다. 외롭고 고독했다.

다행히 다음 수업은 실습이라 그나마 낫다. 시내에 몇 개의 미용실을 갖고 있다는 남자 헤어 디자이너가 강사로 나왔다. 그는 언제 보아도 배우처럼 멋졌다.

"오늘은 실제로 머리를 말아 보는 연습을 하겠습니다. 누가 모델을 하면 좋겠는데."

남자 헤어 디자이너가 나를 가리켰다.

"일류 모델이 와 있나 했네요. 나와 보세요."

원생들이 와아, 함성을 질렀다. 괜히 어깨가 으쓱해졌다.

"머릿결이 컬 말기에 아주 좋은 상태예요. 파마를 많이 안 하나 보죠?"

헤어 디자이너의 말에 대답 대신 고개를 끄덕였다.

파마는커녕 머리를 감을 새도 없이 떡진 머리로 살았던 조국의 삶이 생각났다. 헤어 디자이너는 내 머릿결이 백만 불짜리라며 능숙하게 컬을 말았다. 손놀림이 부드러워 눈이 스르르 감겼다. 수강생들은 사진을 찍는 등 뜨거운 열기를 보이며 강의를 들었다.

"모델이 예뻐서 수업이 더 재밌죠?"

헤어 디자이너의 농담 섞인 말에 기분이 좋았다. 이론 시간의 지겨움이 달아났다.

즐거운 실기 수업을 마치고 그룹 홈으로 가려다 로데오거리로 발길을 돌렸다.

예쁜 옷을 뽐내는 마네킹이 날 유혹했다. 분홍 치마가 맘에 들어 매장에 들어가 옷까지 걸쳐 보았지만 금액을 보고 마음을 접었다. 미용 학교에 들어가는 재료비도 만만찮고 핸드폰비, 교통비 등 돈 나갈 데가 많았다. 돈이 최고인 남조선에서 견디려면 돈을 아껴야 한다. 나는 정부 보조금밖에 의지할 데가 없으니 더욱 그렇다. 얼른 미용 학원을 마치고 돈을 벌어야겠다는 생각이 굴뚝같았다.

거리를 걸으면서 여자들의 머리 스타일을 눈여겨보았다.

'저 여자는 긴 머리보다는 짧은 머리가 어울릴 것 같아. 저 머리 스타일은 처음 보는데…….'

지나가는 사람들의 머리를 보며 혼자 중얼거렸다. 내 손을 거쳐 새롭게 변신할 사람들의 모습을 상상하니 즐거웠다. 생각에 잠겨 그룹 홈으로 가는데 문자가 왔다. 도희였다.

영화 언니. 보고 싶어요. 잘 지내죠? 몇 번 문자 보냈었는데.

문자를 보자마자 지워 버렸다. 태생이 나오는 다른 아이. 도희만 생각하면 부럽다 못해 괜히 심통이 났다.

'리도희, 너와는 이 순간부터 단절이다! 영원히.'

만나서 즐겁지 않은 사람은 굳이 볼 필요가 없다.

그룹 홈으로 가는 길로 들어서자 영어로 된 아파트 이름들이 보였다. 읽을 줄도 모르는 아파트를 보니 머리가 아팠다. 대형 아파트를 한참 지나자 작고 허름한 아파트가 보였다. 정부가 지원해 준 아파트를 복지사 엄마는 '무지개의 집'이라고 불렀다. 북에서 넘어온 사람들이 모여 무지개처럼 아름답게 살자는 뜻이라고 했다.

"저 왔어요."

현관문을 여니 거실에서 텔레비전을 보고 있던 홈 사람들과 복지사 엄마가 눈인사를 했다. 각자 다니는 학교도, 하는 일도 달라서 아침에는 뿔뿔이 흩어졌다 밤에 만나는 식구들이다.

방으로 들어가니 룸메이트인 은숙이 호들갑을 떨었다.

"왜 이렇게 늦게 와? 좋은 소식이 있는데……."

"좋은 소식? 뭐?"

정확히 무슨 회사인지 모르지만 취직을 한 은숙은 요즘 부쩍 멋을 부렸다.

"영화야, 너 방송 출연해 볼래?"

내 앞에 얼굴을 불쑥 들이밀며 은숙이 말했다.

"방송?"

"그래, 방송. 요즘 방송국에서 탈북 미녀들을 찾는대. 내가 아는 사람이 적당한 사람 있으면 소개해 달라던데 한번 만나 볼래?"

솔깃했다. 헤어 디자이너 선생님이 했던 칭찬이 자꾸만 떠올랐다. 하지만 은숙이 장난치는 건지도 몰라 물었다.

"네가 나가지 왜 나를 추천해?"

"나 놀리냐? 내가 미모가 되니? 소개해 줘, 말아?"

은숙이 뾰루퉁하게 말했다.

"나야 좋지. 소개해 줘."

은숙이 장난을 치는 것 같지는 않아서 진지하게 대답했다.

"방송 출연하면 나한테 톡톡히 한턱 내라. 오디션인가 뭔가에 합격하려면 피부 미인이어야 한다니까 푹 자."

잠자리에 드는 내내 구름 위를 걷는 것처럼 마음이 둥둥 떠다니는 것 같았다.

'북한에서 몰래 보던 방송에 내가 나온다고?'

밤새 방송국의 휘황찬란한 조명을 받는 꿈을 꾸다 새벽을 맞았다.

*

"리도희, 1학기 때와 별 차이가 없구나. 힘들지? 하다 보면 성적도 오를 거야. 선생님이 할 말 있으니까 종례 후에 잠시 교무실 들러라."

담임 선생님이 성적표를 주며 부드럽게 말했다. 그런 선생님을 볼 때마다 엄마 생각이 났다. 엄마도 이렇게 좋은 선생님이었을 거다.

'그나저나 착수금 가져간 브로커는 왜 연락이 없지? 또 속은 건 아니겠지.'

지원금을 아껴 모은 돈으로 브로커비를 냈는데 연락이 없다. 속상하던 차에 성적표를 보니 나락으로 떨어지는 기분이다.

'이게 내 점수라고? 여름방학 내내 2학기 교과서도 다 훑어보고 수업 시간에 딴청도 안 하며 공부했는데, 교과서를 통째 외우다시피 했는데 점수는 엉망이고……. 북에서 영재 소리 들었던 나 맞아?'

1학기 때는 적응하느라 정신이 없어 성적이 안 나와도 실망이 덜 되었다. 하지만 2학기에는 다를 줄 알았다. 노력의 대가는 반드시 있다고 배웠으니까. 그런데 아니었다. 성적표를 책가방 속에 숨기듯 넣고 교무실로 향했다. 내가 뭔가를 잘못한 것 같고 왠지 긴장되었다.

교무실에 들어갈 때마다 평양에서처럼 거수경례를 해야 할 것 같은 마음이 들었다. 몸에 밴 습관이 무서웠다. 나는 고개를 젓고 씩씩하게 선생님 자리로 갔다.

"왔니? 여기 앉아 봐."

선생님이 의자를 내밀며 말했다.

"우리 학교가 통일 교육 지정 학교라는 건 니가 더 잘 알지?"

알고 있다. 그래서 나도 일반 학교인 이 학교에 입학할 수 있었다.

"그동안 통일 강사들이 와서 강의했는데 아이들에게 별 효과가 없었어. 교장 선생님이 학생들과 또래인 네가 특별 강의를 하면 어떻겠냐고 하시더라고. 그래서 널 부른 거야. 어떠니?"

뜻밖의 제의라 어리바리한 표정으로 선생님을 바라보았다. 그리고 바로 드는 생각은 하기 싫다였다. 하지만 동포라고 나를 받아 준 남조선, 그리고 학교의 일이라니 거절할 수가 없었다.

'내가 도움이 된다면 해야 하지 않을까……'

"뭐 하는 건데요?"

"그냥 네 이야기. 북한에서의 생활, 남한에서의 생활, 앞으로 네가 바라는 세상, 네 꿈을 이야기하는 거야. 강사료는 없지만 생활기록부에는 올라갈 거야. 대학 가는 데도 도움 될 거고."

대학, 남조선에서 살려면 대학을 가야 했다. 대학 가는 데 도움이 된다는 말이 솔깃했다. 무엇보다 내게 관심을 주는 담임 선생님의 기대를 저버리면 안 될 것 같았다.

"네…… 할게요."

"그래, 그럼 다음 주 수요일 점심 먹고 대강당에서 할 거니까 준비해 봐. 이른 나이에 강연 경험도 되고 좋을 거야."

선생님이 내 어깨를 다독였다.

'강연이라……'

머릿속을 파고든 새로운 생각에 빠져 교실로 돌아왔다.

야자까지 마치고 나오자 밤하늘의 둥근 달이 환했다. 내일이 추석이라는 게 실감 났다. 엄마 아빠, 그리고 캐나다에 있는 은우 생각이 났다. 아리랑 연못에 핀 개구리밥도 떠올랐다.

"어딘가에 정착하지 못하고 떠도는 건 나도 마찬가지야."

은우의 말이 귓가에 맴도는 것 같았다.

'은우도 지금 나와 같은 마음일까?'

처음 인천 공항에 들어섰을 때의 기대와 반가움은 점점 사라지고 불안한 마음이 더 생겼다. 지내다 보니 서울은 춥고 냉정한 곳이었다. 남조선 사람들에게 나는 동포가 아니었다. 자기들과는 다른 사람이어서 호기심에 한번 쳐다보고 말 뿐이었다. 학교 친구들은 북한 동무들처럼 함께 놀기는커녕 입시 경쟁자일 뿐이었다. 때로 나를 눌러야 하거나 먹잇감으로 보는 것 같은 친구들의 눈길은 도강할 때 봤던, 금방이라도 달려들어 나를 물어 버릴 것 같았던 멧돼지의 무서운 눈빛과 닮았다. 나도 모르는 사이에 불쑥불쑥 공격해 오는 말과 시선들 때문에 몸과 마음은 피곤하고 지쳤다.

'언제쯤 마음 놓고 살 수 있을까?'

말도 통하지 않고 미래도 불투명했지만 마음이 통했던 캐나다의 삶이 그립기도 했다. 오늘따라 유독 은우의 목소리를 듣고 싶었다. 국제전화라도 걸고 싶었지만 비용이 걱정되었다.

'스마트폰이 있다면 무료로 통화할 수 있었을 텐데.'

전화비 때문에 사지 않았던 스마트폰이 아쉬운 순간이었다. 가까이에 있는 영화 언니에게 문자를 보냈지만 깜깜무소식이었다.

복잡한 마음으로 창신동 '환상촌'으로 가는 버스를 탔다. 나 같은 탈북자를 돕는 선교단체가 운영하는 환상촌. 외롭지만 그래도 나를 위해 주는 사람들이 있다고 생각하면 판잣집에서 새어 나오는 불빛이 따뜻하게만 느껴졌다.

만원 버스에서 내려 전봇대 불빛이 안내하는 좁은 골목을 지나고 언덕을 올랐다. 재봉틀 소리가 끊이지 않는 가내공장을 지나자 도둑고양이들과 유기견들이 어슬렁거리고 있었다. 모두가 꺼칠하고 지쳐 보였다.

'니들도 오늘 힘들었구나.'

내 처지 같은 동물들에게 인사하고 언덕 위 벼랑 끝, 슬레이트 지붕으로 된 환상촌에 다다랐다. 남조선은 무조건 좋은 집만 있는 줄 알았는데 평양보다 더 낙후된 환상촌을 보고 놀랐다. 그래도 환상촌은 내게 유일한 쉼터였다.

"피죽도 못 먹은 것처럼 왜 축 처져서 들어와?"

원장님이 나를 맞으며 걱정의 눈빛을 보냈다. 힘을 주는 따뜻한 말과 마음씨가 고마웠다.

"성적표 나왔어요. 뒤에서 놀아요. 엄마 소식도 없고……."

"여기 애들은 유치원 때부터 학원 다니고 과외 받았어. 그걸 몇 개월 만에 따라잡으려고? 욕심내지 말고 천천히 해. 이주민센터에서 과외 자원봉사자 보내 준다니까 기대해 보자. 엄마 소식도 기다려야 할 때인가 보다 하고 맘 편히 먹어."

"과외요? 고맙습니다. 원장님!"

'내가 공부 때문에 초조해하는 걸 어떻게 알았을까?'

과외 봉사자를 찾아다녔을 원장님의 마음 씀이 고마웠다.

"그래, 잘 가르치는 사람이 와야 할 텐데. 그런데 도희야, 아까 방 치우다 우연히 봤는데 족보는 어디서 난 거니?"

"족보요?"

"응, 한자로 된 노란 책 말이야."

"아, 엄마가 준 거라 전 잘 몰라요."

'원장님이 내 배낭을 뒤진 건가?'

기분이 좀 나빴다. 엄마가 왜 족보를 챙겨 준 건지는 모르지만, 아빠의 안위를 위해서 또 아빠에게 필요한 물건인 것 같아서 소중하게 간직하고 있었다.

"네가 전주 이(李) 가(家)더구나. 전주 이 가는 원래 왕손 집안이라고 자부심이 대단해. 조선시대부터 나라를 쥐고 흔들었으니까. 남한에도 전주 이씨 종친회가 있는 걸로 아는데 너도 알고 있니?"

난데없는 이야기를 꺼내는 원장님이 낯설었다. 원장님은 방 좀 제대로 치우라고 잔소리를 하는데 가끔은 우리들 방을 치워 주기도 했다. 그게 다 이유가 있어서 그랬나 싶었다.

'혹시 아빠와 연관된 남조선 스파이는 아니겠지……'

"몰라요. 그냥 엄마가 줘서 가지고 있는 거예요."

"족보가 굉장히 오래되어 보이던데……."

원장님은 말이 없는 나를 기다리다 주방으로 갔다.

'이 족보에 뭐가 있는 건가?'

나는 배낭을 장롱 깊숙이 넣었다.

"다들 나와서 송편 빚자!"

원장님의 큰 목소리가 들려왔다.

옷을 갈아입은 뒤 거실로 나가니 원생들이 둥글게 모여 앉았다. 텔레비전에서는 추석 특집 프로그램이 한창이었다.

"송편을 예쁘게 빚으면 예쁜 딸을 낳는대. 누가 잘 빚나 보자. 너희들 고향에서도 추석에 송편 해 먹었니?"

원장님의 질문이 발단이 되어 거실은 명절 이야기로 왁자했다. 나도 원장님에 대한 의심은 사라지고 원생들과 나누는 북한 이야기가 즐거웠다.

"원장님, 나는 언제 엄마 아빠와 같이 추석을 보낼 수 있을까요?"

누군가의 한마디에 모두 울상이 되었다. 나도 뜨거운 것이 울컥 올라오며 죄책감이 들었다.

'엄마 아빠의 생사도 모른 채 이렇게 추석을 보내도 되나?'

가라앉은 분위기를 더 망칠까 봐 텔레비전으로 눈길을 돌렸다. 그때 많이 본 얼굴이 텔레비전 화면에 나타났다.

"저희 집은 추석이면 상다리가 휘도록 음식을 차려 먹었어요. 아빠가 근무하던 신문사 직원들끼리 서로 인사도 다니고요. 오지로 가기까지는 명절을 손꼽아 기다렸는데…… 오지에 가서는 반대로 엄청 고생했지요. 나무뿌리를 캐 먹을 정도로 비참했어요."

텔레비전 속의 사람은 영화 언니였다. 화장과 조명 때문에 딴사람 같기는 했지만 오뚝한 코며 입매가 딱 언니였다.

"명절이면 평양 광장은 축제 마당입니다. 그날은 가장 좋은 옷을 입고 온 가족이 나와 춤도 추고 노래도 부르며 즐겁게 보냈지요. 아빠가 요덕 수용소로 쫓겨 가기 전까지 우리 가족은 명절이면 맛난 음식을 많이 했어요. 그런데 아빠가 술에 취해 한 말을 동료가 신고해서 온 가족이 흩어져 살게 되었지요. 그때부터 고난이 시작되었어요."

내 이야기가 영화 언니의 입에서 흘러나왔다. 지금 언니가 연기를 하나 싶었다. 왜 방송에서 거짓말을 하는 거지? 의아했다. 언니에게 도움이 된다면야 상관없지만 괜히 걱정되기도 했다. 송편을 빚다 말고 언니에게 전화를 걸었다. 전화번호가 바뀌었다는 기계음이 들렸다. 공허했다. 영화 언니에게 무슨 일이 있는 걸까?

＊

추석 특집 녹화인데 지각했다. 택시를 타고 달렸는데도 늦었다. 녹화
장은 풍성한 추석 음식과 예쁜 한복을 입은 출연진들의 모습으로 시끌
벅적했다. 내가 헐레벌떡 들어서자 사람들이 일제히 날 쳐다봤다.

"영화 씨, 어서 옷 갈아입으세요! 곧 큐 들어가요. 녹화 날 지각하면
어떡해요?"

방송작가가 신경질을 냈다. 나도 화가 났지만 참았다.

"작가님, 죄송해요. 앞으로는 절대 늦지 않을게요."

속마음과는 다르게 애교를 부리며 마음을 풀어 주려 애썼다.

'북한산 버섯 줄 때는 엄청 좋아하더니 완전 생 까네.'

"메인 화면에 자주 나오더라. 너에 대한 댓글도 많고. 니가 탈북 미녀
중에 최고래. 대한민국은 미모가 신분이 되니까 잘해 봐. 광고 들어오면
돈방석에 앉을지도 모르고……."

어젯밤 은숙이 괜히 바람 넣는 바람에 기분이 좋아 늦게까지 논 게
잘못이었다.

"지각해 놓고 왜 꾸물대는 거예요?"

스크립터가 의상실을 가리키며 큰 소리로 외쳤다.

'새끼 작가라고 신경을 안 썼더니……. 뇌물 좀 먹여야겠네.'

의상실은 폭풍이 지나간 자리처럼 어지러웠다. 협찬 의상 중에 예쁜
것은 이미 다 나가고 없었다. 나는 옷을 들척이다 분홍 한복을 입었다.

나이와 고향이 제각각인 탈북 미녀들이 카메라에 눈을 맞추고 있다.

잔뜩 긴장한 얼굴로 나를 바라보았다. 동지 의식과 경쟁이 깃들인 눈빛들이 부담스럽다.

평양 공주 오영화

내 이름이 붙은 자리로 가 앉았다.

'휴, 다행이다.'

내 자리가 메인에 그대로 있었다. 메인이어야만 카메라의 집중 조명을 받을 수 있다.

왕 감독이 나를 보며 웃었다. 공들인 효과가 메인 자리로 나타났다.

'역시 자본주의는 투자를 해야 해. 돈이면 만사 오케이.'

"넌 아무거나 입어도 예쁘다. 평양에서 살아서 그런지 다르네."

출연자 중 가장 나이가 많은 K가 부러운 듯 말했다. 함경북도 화대에서 왔다는 K는 무얼 입어도 촌스럽고 어색하다.

"언니는 성숙미가 매력이잖아요."

나는 선의의 거짓말을 했다.

상황에 따라 적당히 비위 맞추며 살기. 남한살이에서 터득한 노하우인데 사람들은 의외로 좋아하며 잘 넘어간다.

"삼 분 후 큐 들어갑니다. 최대한 밝으면서도 감동적으로! 아시죠?"

조감독과 작가가 큐시트를 흔들었다.

나는 데스크의 눈에서 벗어나지 않기 위해 노력했다. MC들이 하는 말에 격하게 반응을 보여야 카메라가 자주 온다. 조명이 내 앞에 와 비쳤다. 입술이 타들어 가고 갈증이 났다. 내 숨소리만 크게 들렸다.

"큐!"

방송 시작을 알리는 시그널 음악이 나왔다.

"안녕하세요? 오늘은 탈북 미녀들과 함께하는 추석 특집입니다. 흥미 진진한 이야기가 준비되었으니 채널 고정해 주시기 바랍니다."

남자 MC가 과장된 몸짓으로 오프닝 멘트를 날렸다. 방청객이 과하게 소리를 지르며 박수를 쳤다. 나도 카메라를 의식하며 살짝 웃었다.

"우선 평양 공주로 살았던 오영화 양의 말을 들어 보겠습니다."

여자 MC의 말이 끝나자 카메라가 나를 클로즈업했다. 나는 카메라를 향해 상큼한 미소를 보내며 상상 속의 나로 변신해 갔다. 잠시 도희 얼굴이 스쳤지만 서둘러 지웠다.

"저희 아빠는 러시아나 중국 등 세계를 다니며 취재했습니다. 그래선지 아빠는 아주 개방적이셨습니다. 내게도 마찬가지였지요. 아빠가 내게 선물이라며 쌍꺼풀 수술을 해 주기도 했습니다. 지금 제 눈은 북한에서 성형수술을 한 겁니다."

천장 가까이에서 모두를 비추던 카메라가 스르르 내려와 내 눈을 집중 조명했다. 아마도 화면에 나의 눈이 클로즈업되었을 거다. 하나원에서 나오자마자 찾아간 허름한 성형외과가 생각났지만 질끈 눈을 감았다. 화려한 조명이 날 향해 더 멋진 거짓말을 하라고 재촉하는 것 같았다. MC들은 물론 방청석에서 "와~" 소리가 울려 퍼졌다. 불안하면서도 기분이 우쭐해졌다.

"북한에서도 성형을 하는군요. 강남과 쌍꺼풀인데요. 북한의 성형 기술도 좋네요. 그럼 화장술은 어떻습니까?"

그 후의 이야기도 나는 소설 쓰듯 맘대로 지어 냈다. 한 번도 가 보지 못한 평양 광장에 온 가족이 나가 신나게 놀았다는 말을 할 때는 짜릿한 쾌감마저 느꼈다.

"컷! 추석 특집인데 뭐하는 거예요? 북에서 잘살았던 이야기보다는 오지 이야기를 하세요. 명절조차 몰랐다는 말이 더 중요해요. 큐시트대로 하세요. 다시 들어갑니다."

잠시 녹화가 중단된 뒤 담당 피디가 내게 주의를 주었다.

늘 그랬다. 녹화 때마다 스태프들이 원하는 것은 북에서의 고생담을 눈물겹게 들려주길 바라고, 흥미 위주의 에피소드를 지어서라도 말해 주길 바랐다. 어떤 때는 내가 알지도 못하는 대본을 작가가 써 주기도 했다. 상관없었다. 나는 대본대로 종알거리면 그만이다. 돈과 화려한 조명을 받는 것이면 족하니까.

아침부터 시작된 녹화는 밤이 어스름해서야 끝났다. 한 시간짜리 방송을 위해 하루 종일 찍고 또 찍었다. 모두 지친 얼굴로 옷을 갈아입는데 작가 언니가 들어왔다.

"오늘은 간식을 준비했어요. 다 같이 먹고들 가세요."

대기실로 들어가자 감독이며 작가 언니가 출연진을 기다리고 있었다. 탁상 위에는 음식들이 준비되어 있었다. 맛있는 냄새가 진동했다. 배가 고프던 차에 잘됐다 싶었다. 고구마 피자, 과일 피자, 치즈 피자 등 보기만 해도 입맛이 돌았다. 방송에서 그토록 우아한 자태를 뽐내던 출연진들이 꽃제비 시절처럼 게걸스럽게 피자를 먹었다.

"나는 남조선에 와서 피자 처음 먹어 봤는데 평양 공주는 다르겠지?"

K가 피자를 입 안에 넣으며 말했다. 왠지 비꼬는 말투였다. K의 말에 배고픔이 사라졌다. 얼른 자리를 피해야겠다는 생각이 들었다.

"맞다, 오늘 약속 있었네. 저 먼저 일어날게요."

나는 핸드백을 들고 도망치듯 자리를 피했다.

"우리 중에 누군가 신분을 뻥튀기하는 것 같지 않아요?"

"누구요?"

등 뒤로 들려오는 말에 얼굴이 화끈거렸다.

"아무럼 출신 성분을 속이겠어요? 더군다나 방송에서……. 그런 말 함부로 하지 맙시다. 그렇지 않아도 탈북자들끼리 등쳐 먹는다며 손가락질하는데 우리라도 그러지 말자고요."

같이 메인 자리에 앉은 출연자가 K를 말렸다. 나는 못 들은 척 부리나케 밖으로 나왔다.

로비로 나가려는데 스크립터가 내게 하얀 종이를 내밀었다. 출연료가 적힌 명세서다. 일주일에 한 번 와서 녹화한 대가치고는 세다. 화면으로만 보던 연예인과 얘기하는 것도 꿈만 같은데 돈까지 벌게 되다니. 성형수술 빚도 갚아야 하는데 잘됐다.

나는 밖으로 나와 방송국을 올려다보았다.

'내가 방금 전까지 저 거대한 건물 안에서 녹화를 했단 말이지.'

미소가 절로 나왔다. 시청률이 좋아 고정 프로가 될 것 같다고 하니 방송국 나들이는 계속될 것이다.

'스태프들 눈 밖에 나지 않게 장기 자랑도 준비해야 해.'

가끔씩 장기 자랑을 할 때면 난 꿔다 놓은 보릿자루가 되었다. 북한에서 학교를 못 가 봤으니 할 줄 아는 게 없는 건 당연한 일. 지금부터라도 철저히 준비해야 한다.

집으로 가는데 미용실이 보였다. 미용 학교는 그만두었다. 방송 스케줄에 맞추다 보니 아무것도 할 수가 없었다. 이제 내게는 방송만이 유일한 희망이다.

'제발 광고 좀 들어와라.'

나는 인기 연예인이 된 나를 상상하며 집으로 향했다.

"와우, 평양 공주님 왔네!"

은숙이 반갑게 맞았다. 집에서도 평양 공주로 불리는 게 불편했다.

내가 왜 첫 방송부터 거짓말을 했는지 모르겠다. 그저 남보다 좀 더 튀어야겠다는 생각이 나도 모르게 거짓말로 이끈 것 같다.

"평양에서 저는 상류층으로 살았어요. 영국제 과자는 물론 가끔 미국 치즈도 먹었어요. 탈북 과정에서 다른 분들이 고생한 얘기 듣고 미안하더라고요."

방청객들이 놀란 표정으로 소리를 질렀다. 박수 소리에 내 입에서는 또 다른 거짓말이 줄줄 흘러나왔다. 나에 대해서는 아무도 모르니 어떠랴 싶었다. 그때마다 도희가 해 준 이야기를 각색해서 내 맘대로 말했다. 거짓말은 또 다른 거짓말을 낳았다. 그러다 보니 내가 진짜 평양 공주로 살았던 것 같은 착각이 들었다.

"어느 날 아빠가 술에 취해 어버이 수령을 비판했어요. 누군가 그걸 듣고 아빠를 밀고했어요. 아빠는 즉각 정치수용소로 끌려갔어요. 급작스럽게 가장이 된 엄마는 중국 장마당을 오가며 장사를 하다 밀수꾼으로 감옥살이를 했어요. 결국 돌아가셨어요."

자극적인 이야기를 원하는 진행자의 입맛을 맞춰 주어야만 했다. 방청석의 뜨거운 박수 소리도 놓치고 싶지 않았다. 그들의 함성은 초라한 나를 잊게 해 주는 마약이었다.

도희의 문자를 받는 순간 비명을 지를 뻔했다. 이 땅에 나에 대해 아는 사람, 도희가 있는 게 불안했다. 더는 도희와 만나서는 안 된다는 강박증이 생겼다.

'차단해야 해.'

그 즉시 전화번호를 바꿔 버렸다.

나는 방송을 징검다리 삼아 반드시 성공할 것이다.

평양 공주, 오영화 대한민국 최고의 모델로 부상하다

내 이름 석 자가 신문에 대문짝만 하게 실릴 날을 기대하며 오늘도 물밑 작업을 부지런히 하고 있다.

*

수요일이었다. 강연 준비를 하긴 했지만 막상 자신이 없었다. 지난밤 보일러가 약했는지 감기 기운이 돌았다.

무거운 마음으로 교실에 들어섰다. 아이들은 나를 쓱 한번 보고 자기

일들을 보느라 바빴다. 오늘도 나는 교실의 투명 인간이다.

"오늘 특강한다며? 특별 점수 받아 좋겠다."

아이들과 놀던 부반장이 툭 말을 던지고 지나갔다.

'저런 애들에게 내 이야기를 하라고?'

오전 내내 반 아이들을 살피느라 수업에 집중할 수가 없었다. 아무리 봐도 강연 효과는 없을 것 같았다. 내 학교생활만 더 힘들어질 뿐.

"각 반 학생들은 모두 대강당으로 모이기 바랍니다."

점심시간이 끝나고 안내 방송이 나오자 도망가 버리고 싶었다.

"긴장 풀고 그냥 네 이야기를 하면 돼. 이야기를 들으면 친구들의 생각도 달라질 거야. 이참에 친구들과 더 친해질 수도 있고."

담임 선생님이 밝은 얼굴로 말했다.

'선생님이 애들의 눈빛을 봤다면 이런 말을 못 할 텐데……'

선생님 때문에 강연 종이를 들고 강당으로 향했다.

"귀찮게 웬 통일 교육. 먹여 주고 재워 주고 학교까지 보내 준 애한테 뭘 들으라는 거야?"

부반장과 아이들이 투덜거렸다.

"우리 나이에 강연이라니. 걔는 이제 대학 고르기만 하면 되겠네. 우리는 걔 대학 보내기 위한 청중이 되고."

"그러네. 아이, 짜증나!"

부반장의 말에 아이들이 술렁였다.

머리가 아찔했다. 그대로 도망치고 싶었는데 발길은 담임 선생님이 손짓하는 곳으로 향했다.

"이번 통일 강의는 특별히 우리 학교 재학생의 이야기를 듣도록 하겠습니다. 1학년 리도희 학생을 소개합니다."

크게 심호흡을 하고 강단으로 올라가려는데 또 무슨 소리가 들렸다.

"쟤 북한의 배신자 아냐?"

옆의 친구를 꼭 찌르며 맨 앞줄에 앉은 남학생이 말했다. 몸이 돌덩이가 된 것 같았다. 도저히 마이크를 잡을 수 없었다. 내가 가만히 앉아 있자 담당 선생님이 의아하게 쳐다봤다. 여기저기서 웅성거리는 소리가 들렸다.

"도희야, 왜 그래? 떨려서 그래? 전교생이 다 모였는데 힘내 봐."

담임 선생님의 목소리에 짜증이 묻어났다. 나도 모르게 눈물이 마구 쏟아졌다.

"한 선생, 애 교육 좀 시키지. 이게 뭐야?"

담임 선생님이 나를 달래는데 교장 선생님이 면박을 주었다.

선생님이 화를 참으며 나를 보고만 있는 게 느껴졌다. 강연은 통일 안보에 대한 영상을 보는 것으로 대체됐다.

어이없어 하는 아이들의 눈총을 받고, 사회 보는 선생님께 혼나고, 담임 선생님께 자초지종을 설명하고……. 어떻게 학교를 나왔는지 모르겠다. 머릿속에는 '배신자'라는 단어만 남았다.

'내가 무얼 잘못한 거지? 가족과 함께 살기 위해, 가족을 지키려고 한 게 잘못인가. 잘못된 나라에 대해 말한 아빠는 숙청당하고 엄마는 감옥으로 끌려가고……. 온 가족이 뿔뿔이 흩어져 사는 내가 왜 배신자일까?'

손전화 소리가 들렸다. 원장님이다.

"잘 했어? 반응은 어땠어?"

"총 맞았어요!"

"그래, 고생했어. 맛있는 거 해 줄게. 할 말도 있고 어서 와."

원장님 목소리를 들으니 한결 마음이 풀렸다.

"아이고, 얼굴이 반쪽이네. 엄청 힘들었구나. 어쩌지. 찾아온 손님을 그냥 돌려보낼 수가 없어서 함께 있는데. 네 손님이야."

원장님이 고민하는 표정으로 서 있었다.

"제 손님이라고요?"

거실에는 한 남자가 앉아 있었다. 나와 눈이 마주친 남자가 일어났다.

"조희안이에요. 원장님에게 도희 학생 이야기를 듣고 찾아왔어요. 도희 양 사연이 우리랑 잘 맞는 것 같아서요."

남자의 말이 무슨 말인지 몰라 원장님을 보았다. 원장님이 자리를 권하며 말했다.

"영화 감독님이셔. 네 정보를 이주민센터를 통해서 듣고 며칠 전부터 너를 만나고 싶어 하셨어. 엄마 찾는 데 도움이 될 것 같아 너 강연 끝나면 말하려고 했는데, 오늘 이 근처에 볼일이 있어 왔다가 만나자고 오셨네."

원장님의 말도 귀에 잘 들어오지 않았고, 영화 감독이라는 말에 더 이상 이야기도 나누고 싶지 않았다.

"죄송해요. 쉬고 싶어요."

나는 방으로 들어와 누워 버렸다.

하루를 꼬박 방에 틀어박혀 있다가 배도 고프고 정신도 차려야 할 것 같아 거실로 나왔다.

"죄송해요. 어제 예의 없게 굴어서."

"아니야, 이제 좀 괜찮아?"

원장님이 푸근한 미소를 보였다. 그 미소에 나도 모르게 속엣말이 나왔다.

"저를 찍는다는 거죠? 제 슬픈 가족사를 말예요."

나는 못마땅한 투로 말했다.

"응, 내키지 않으면 안 해도 되는데 나는 너한테 기회일 수도 있겠다 생각했거든. 당당히 대한민국 여권 들고 가는 거니까 캐나다와는 다를 거고. 브로커는 돈을 더 요구하기만 하고 뚜렷한 정보는 없고. 다큐 팀이 열악해서 비행기 값이며 연길 체류비는 우리가 준비해야 하지만 기회가 늘 있는 건 아니니까. 엄마 걱정에 악몽도 자주 꾸고 맨날 불안한 모습이니 이참에 연길에 한번 다녀오면 어떨까 싶었거든. 다큐 팀이라는 보호자도 있으니 걱정도 덜 되고 말이야."

생각하지도 못한 원장님의 배려에 가슴이 먹먹했다.

'그래, 하늘이 준 기회일지도 몰라.'

"다큐 내용도 물어보니 다행히 위험하거나 험한 건 없을 것 같더라고. 네가 왔던 길을 찍을 모양인데…… 괜찮지 않을까 싶어. 이제 너는 대한민국 국민이니까 불안해할 필요 없어."

"진짜 엄마를 만날 수 있을까요? 그런데 체류비랑 비행기 값을 대야 한다면서요?"

나에게는 그만한 돈이 없어서 걱정되었다.

"내가 연길에 있는 엄 사장님과 연락해 볼게. 이 방면에 유명하신 분이니까 도와주실 거야."

"감사해요. 원장님. 늘 이렇게……."

내가 말을 못 잇자 원장님이 내 어깨를 두드리며 말했다.

"어휴, 우리 도희, 북한 엄마를 못 만나면 죽을 것 같아 이 남한 엄마가 걱정된다."

원장님이 일부러 농담처럼 말했다. 나는 아무 말도 못 한 채 원장님의 품에 안겼다. 나 혼자가 아니라는 생각이 들었다.

그 후로 감독님은 촬영 준비차 환상촌에 자주 들렀다. 감독님은 나에 대한 세밀한 이야기를 묻고 또 물었다.

"도희 양, 〈엄마 찾아 삼만 리〉 다큐 잘 찍으면 대박 날 겁니다."

'대박'이라는 말이 걸렸지만 달리 표현은 안 했다.

'내 목적은 엄마 만나는 거니까 엄마만 생각하자.'

감독님을 만나는 게 즐겁지 않았지만 엄마를 생각하며 참았다.

"도희야, 연길에 가는 경비 말고도 앞으로 장학금까지 받을 수 있게 되었다. 하늘이 도운 것 같아."

원장님이 소녀처럼 명랑한 목소리로 말했다.

"어떻게요? 그렇게 고마운 분이 누구세요?"

"도희야, 미안해. 사실 네 허락 없이 배낭에서 족보를 꺼냈어. 연길에 보내 준다고 장담했는데 돈 나올 데가 없어서. 그러다 불현듯 족보 생각이 나서 네 족보를 들고 전주 이씨 종친회를 찾아가 네 사정을 말하고 도움을 청했다. 어려운 학생들에게 장학금 주는 걸 알고 있었거든. 다행히 종친회에서 네 족보를 보더니 무척 반기더라."

"제 족보를 보고요?"

"응, 네가 전주 이씨 가문임에 틀림없대. 네 사정을 말했더니 종친회에서 주는 장학제도가 있다네. 네가 적합한 조건이라며 도와주겠다고 나서신 거야. 연길에 다녀와서 엄마 아빠 소식도 전할 겸 인사 한번 드려."

나는 남조선에 엄마 아빠 말고도 내 핏줄이 있는 게 신기했다.

'아빠와 함께 남과 북, 조상을 찾아다닐 날이 올까?'

오늘 따라 붉은 배낭과 누런색의 족보가 피붙이처럼 살갑게 느껴졌다. 엄마 아빠를 만지듯 배낭과 족보를 가만가만 쓰다듬었다.

기말고사가 끝난 후 겨울방학이 돌아왔다. 아이들은 방학이 더 바쁘다고 아우성이었다. 과외 스케줄도 많고 해외 연수도 가는 등 분주해 보였다. 나도 이번 겨울방학은 특별한 일이 있을 것 같다. 힘겹기만 하던 서울살이에 새순이 돋는 기분이었다.

"엄마, 몸 건강하게 기다리고 계세요. 곧 갈게요!"

한 원생이 고향 생각이 나고, 거짓과 진짜를 구별하는 재미가 있다면서 탈북 미녀들이 나오는 프로그램을 켰다. 영화 언니는 춤도 추고, 노래도 하고, 재밌는 입담으로 맹활약을 펼쳤다. 남한의 화려한 분장술 때문인지 언니 얼굴은 점점 딴사람이 되어 갔다.

"아휴, 난 저런 프로 마음에 안 들어. 시청률 안 좋으면 바로 폐지되는데 괜히 남한 실정 잘 모르는 새터민들(탈북자) 마음에 바람만 넣잖아. 연예인들 속에 있으면서 허영심만 생기고 말이야. 방송에서 짤리면 쉽게 돈 벌려고 나쁜 곳으로 빠질까 걱정이야."

원장님이 안타깝게 말했다. 나도 원장님 말대로 영화 언니가 잘못될까 걱정되었다.

토요일 아침, 진눈깨비가 내렸다. 방송국으로 향하는 버스에 올랐다. 나를 보고 반가워할 언니 얼굴을 생각하니 맘이 설 다.

방송국 건물은 웅장했다. 정문으로 들어가려다 제복 입은 아저씨를 보고 얼른 숨을 곳을 찾아 두리번거렸다.

'아직도 두만강을 건널 때처럼 제복 입은 사람만 보면 놀라다니…….'

내 모습에 쓴웃음이 나왔다.

"탈북 미녀 출연 접수하러 왔어요."

영화 언니를 만나러 왔다고 하면 복잡할 것 같아 둘러댔다. 신분증을 내고 방문증을 받았다. 방송국답게 어딜 가나 조명이 가득했다. 대부분 세트를 만들어 놓고 그 안에서 녹화를 했다. 배우들도 보이고 가수들 얼굴도 보였다.

화려한 세트장을 보니 영화 언니가 평양 공주의 가면을 벗고 싶지 않을 것 같다는 생각이 들었다. 그만큼 세트장이 주는 매력이 컸다. 그런데 아까부터 누군가 나를 지켜보는 시선이 느껴졌다. 시선이 느껴지는 곳으로 고개를 돌리는 순간, 깜짝 놀랐다. 나는 놀란 입을 다물 수가 없었다.

"도희 맞지? 도희야!"

"어? 은우 아냐?"

은우가 함박웃음을 지으며 내 손을 잡았다.

"여긴 어떻게……."

나는 어안이 벙벙했다. 은우가 크게 웃으며 휴게실로 나를 데려갔다.

"실은 핸드폰을 잃어버렸어. 아저씨는 어떻게 네 전화번호도 모르냐? 사장이 직원 전화번호도 모르다니. 아무튼 너 찾느라 애썼는데 정말 잘됐다."

한층 밝아진 은우를 보니 캐나다에서 잘 살고 있는 게 느껴졌다.

"그런데 방송국은 어쩐 일이야?"

"그러는 너는? 나는 방학하자마자 나왔고 오늘은 오디션 보러 왔어. 중요한 대회라서."

"잘됐다! 노래 공부 열심히 했구나. 아저씨는……."

"그만 그만, 이번엔 내 차례야. 너는 왜 여기 있는 거야?"

"아, 누구 좀 만나러 왔어."

나는 영화 언니에 대해 짧게 설명했다. 은우는 내 말을 들은 뒤, 달려가 멤버들에게 인사하고 다시 왔다.

"내가 안내할게."

의기소침한 채 아리랑 식당에 와 혼자 밥을 먹던 은우가 아니었다. 은우는 우리가 약속한 대로 멋진 모습으로 변해 있었다. 아무런 변화 없는 내가 부끄럽기만 했다.

"그동안 어떻게 지냈어?"

"그럭저럭. 여전히 개구리밥 신세……."

힘없는 내 말에 은우가 말을 돌렸다.

"자자, 평양 공주님 가짜 공주를 찾으러 가 봅시다."

나는 누가 엿들을 새라 조용히 하라는 뜻으로 은우 옆구리를 찔렀다. 은우가 내 머리를 헤집으며 나를 이끌었다.

미로 같은 길들을 지나 탈북 미녀 세트장에 도착했다. 예뻤던 여자 MC의 얼굴이 몹시 피곤해 보였다. 은우가 한 사람에게 다가가 뭐라 설명하자 스태프라는 사람이 내게 다가왔다.

"영화 씨랑 하나원에서부터 알던 동생이라고요? 그런 얘기는 못 들었는데. 아무튼 지금 옷 갈아입고 있어요. 잠깐 기다리세요."

스태프 언니가 나를 보며 고개를 갸웃거렸다.

한참 후에야 영화 언니가 큰 가방을 들고 나왔다. 화장도 진하고 향수 냄새도 나고, 언니는 몰라볼 정도로 변했다.

"언니, 영화 언니!"

반갑게 언니를 불렀다. 스태프 언니와 은우가 나를 쳐다보았다. 언니가 나를 보고 깜짝 놀랐다. 하지만 이내 냉정한 얼굴로 나를 잡아끌고 사람 없는 구석으로 갔다.

"여, 여기는 왜 왔어? 난 옛날의 영화가 아니야. 제발, 다시는 나 찾아오지 마."

인사할 겨를도 없이 언니는 심각한 표정으로 말한 뒤 뒤돌아섰다.

"언니, 추궁하러 온 게 아니에요. 그냥 걱정되고 보고 싶어서 온 거예요. 잠시 이야기 좀 해요."

언니는 세트장 쪽을 얼른 보더니 나를 보며 또박또박 말했다.

"추궁? 걱정? 나는 지금 성공해 잘 살고 있어. 그런데 너를 보면 무너질 것 같으니까 다시는 보지 말자고."

나는 멍하니 뒤돌아 가는 언니의 모습을 보았다. 확실한 건 언니가 나를 싫어한다는 것이다. 나를 보면 자기 거짓말이 탄로 날까 봐 걱정되는 것 같았다.

'나는 그러라고 온 게 아니었는데⋯⋯.'

언니 마음과 내 마음이 달라서 씁쓸했고, 사과 한마디 없는 언니가 서운하기도 했지만 언니에게 도움 되는 거라면 난 일없었다.

"도희야, 괜찮아?"

은우가 나타나 물었다.

"방금 그 여자 가짜 평양 공주 맞지? 표정 엄청 안 좋던데. 뭐라고 해?"

나는 화들짝 놀라 세트장을 본 뒤 은우 입을 막고 밖으로 나왔다. 은우는 싫지 않은지 웃으면서 계속 내게 붙들린 척했다.

은우는 방송국 주변을 잘 아는지 멋진 카페로 나를 데려갔다.

'질투심은 있었지만 착하던 언니가 왜 저렇게 변했을까?'

은우가 뭔가를 시키고 자리에 앉는 기척이 느껴지는데도 언니 생각에서 벗어나지 못했다. 은우가 탁자를 똑똑 쳤다. 그 소리를 듣고서야 은우를 보았다.

"그 누나는 잊고 이제 우리 이야기 하자."

은우가 너스레를 떨었다.

"그래. 방송국에 오디션 보러 왔다고?"

"응. 사실 나 케이보이즈에 나오거든. 노래 잘 부르는 사람을 뽑는 오디션 프로그램인데 캐나다 지역 대회에서 뽑힌 뒤 결승전에 온 거야."

나는 눈이 점점 커졌다. 통 텔레비전도 안 보고 연예계 소식도 모르지만 그 오디션 프로그램은 환상촌 식구들에게 귀동냥으로 들어서 얼마나 인기 많은 프로그램인지 안다.

"대단하다, 은우야!"

은우가 웃으며 이야기를 이어갔다.

"미션에 통과하면 통과할수록 좋은 노래를 만들고 싶은 욕심이 생기더라고. 그래서 널 만나면서부터 생각난 것들을 정리하고 아끼고 아껴서 노래로 만들었어. 내일 방송인데 와라."

'나를 만나고 음악을 만들었다고? 캐나다에서 한 약속이 진짜였네.'

어떤 음악인지 무척 궁금했다. 나는 은우 말이 끝나기도 전에 고개를 끄덕끄덕했다.

다음 날, 케이보이즈 녹화장으로 갔다. 녹화장은 이미 자리가 꽉 찼고 여러 무리의 아이들이 보였다. 모두 응원 팻말을 들고 있었다. 나만 빈손이라 좀 무안했다. 분주히 움직이던 스태프들이 사라지고, 조명이 하나둘 켜지면서 녹화장은 흥분과 생동감으로 가득했다. 묘한 긴장감과 함께 나도 덩달아 기분이 좋았다.

큐, 사인이 나면서 드디어 결승전이 시작되었다. 관객은 우레와 같은 박수를 치며 환호했다. 뜨거운 열기에 가슴이 터질 것 같았다. 출연하는 상대 팀도 실력이 대단했다. 은우 팀이 나왔다. 네 명으로 구성된 멤

버 모두 가죽 잠바를 걸치고 찢어진 청바지를 입었다. 무대에 선 은우
의 모습이 멋졌다.

"보헤미안 파이팅!"

어느새 팬들이 생겼는지 박수가 쏟아졌다. 왠지 모르게 내 어깨가 으
쓱했다.

"힘내, 은우야!"

나도 목소리를 보탰다.

거센 물살과 암초를 휘돌아. 얍얍

고향으로 향하는

연약하면서도 강한 연어처럼. 얍얍

꿈에 그리던 고향에서

지친 신발을 벗어 놔. 품품

오랜 세월 서로를 갈라놓은 붉은 띠

벗어 버려! 두만 리버. 활활

벗어 버려! 압록 리버. 활활

벗어 버려! DMZ

연어처럼 생명 향해 달려가.

너와 나, 그리고 우리. 얍얍

은우의 노래를 듣고 있으니 스톤 계곡의 연어가 떠올랐다. 위로가 되

면서도 힘이 나는 노래였다. 가방에 늘 갖고 다니던 연어 조각을 꺼냈다. 문득 낯선 땅에서 큰 힘이 되어 주었던 아저씨가 그리웠다.

드디어 결과 발표다. 내가 보기에 은우 팀이 훨씬 잘했는데 아깝게 준우승을 했다. 방송이 끝나자 관중이 썰물처럼 빠져나가고 방송실은 폐허처럼 썰렁했다. 나는 대기실 밖의 의자에 앉아 한참 은우를 기다렸다. 기타를 메고 다가오는 은우가 보였다.

"노래 잘 들었어! 대단해."

엄지손가락을 세워 보였다. 하지만 은우는 아쉬운 표정이 역력했다.

"뭐가 문제지? 멤버들이 지적한 대로 공감이 부족했나. 꼭 우승하고 싶었는데……."

은우는 혼잣말처럼 말했다.

"아냐. 노래로 만들었다는 거 자체가 너무 훌륭해. 정말 좋던데 그 가사 나 좀 줘."

"네가 이렇게 좋아하니 성공이다. 자, 노래가 들어 있는 시디야. 이제는 시디 트는 거쯤 아무것도 아니지? 캐나다에서처럼?"

은우가 장난스럽게 물었다. 나는 살짝 눈을 흘기며 시디를 받았다.

"나도 남한살이 꽤 했다. 마지막 날이라 바쁘지? 얼른 들어가 봐."

"오, 눈치 백단인데. 어떻게 너를 보내야 하나 고민했는데. 대신에 내일 우리 꼭 만나자."

은우가 귀엽다는 듯 내 머리를 헤집었다. 기분이 묘했다.

버스에서 은우가 준 시디를 찬찬히 보았다. 숲 그림의 시디를 보니 은우와 같이 걸으며 듣던 풀벌레 소리가 들리는 것 같았다.

다음 날, 은우가 스톤 계곡에 갈 때 입었던 야생 잠바를 입고 나왔다. 멋졌다. 새록새록 옛 생각이 났다. 은우가 이끄는 대로 캐나다의 아리랑과 분위기가 비슷한 음식점에 갔다. 앉자마자 은우는 내게 질문 폭탄을 던졌다. 나도 은우에게 묻고 싶은 게 많아 이야기가 끝날 줄 몰랐다.

"엄마는 만났어?"

내가 대한민국에 온 이유를 은우가 꼭 짚었다.

"나 연길에 다녀오기로 했어. 엄마 찾으러. 엄마를 찾지 않으면 아무 것도 할 수 없을 것 같아서."

"어휴, 우린 또 떨어지는 거야? 만나자마자 이별이 우리 운명인가?"

은우가 진지한 듯 장난처럼 말했다. 뭐지? 싶으면서도 은우의 이런 반응이 참 좋았다.

"새삼스레 뭘, 어차피 너 캐나다 가잖아. 내 핑계는."

나도 은우 식으로 말했다. 은우가 활짝 웃었다.

"나, 음악 프로듀서한테 제의받았어. 여기서 활동하자고. 캐나다에 가서 음악 공부를 더 하고 싶기도 하고 잘 모르겠어. 너 연길에서 엄마 만나는 동안 고민하고 있을 테니까 잘 다녀와."

은우와 함께하는 동안 시간이 쏜살처럼 빨리 지나갔다. 한 시간쯤 만난 것 같은데 벌써 밤이 깊었다. 마음이 통하는 사람과 함께 있다는 것이 얼마나 행복한 것인지 처음 알았다.

매일 지치고 무거운 마음으로 향하던 환상촌으로 가는 길이 은우 덕분에 즐거웠다. 창신동의 도둑고양이와 유기견들이 졸린 눈으로 나를 바라보았다. 가로등도 껌벅이며 길을 밝혔다. 환상촌 식구들과 은우. 빨리 엄마를 만나 소개해 주고 싶었다.

　이번에는 분명 엄마를 만날 수 있을 것 같은 예감이 들었다. 아니 꼭 만나야 한다.

3부

연길
—
엄마 찾아 삼만 리

'엄마, 도망자가 아니라 당당히 대한민국 여권 들고 엄마한테 가요.'

창밖의 하늘을 보았다. 아침부터 내리던 싸락눈이 점점 굵어졌다. 기상 이변으로 비행기를 못 탈까 봐 걱정되었다. 어느덧, 리무진 버스가 공항으로 들어섰다. 분주히 움직이는 사람들을 보니 왠지 가슴이 울렁댔다. 나는 엄마가 준 배낭을 단단히 부여 멨다.

"도희 학생, 여기예요."

만나기로 약속한 D게이트 앞에서 감독님이 나를 불렀다. 그 옆에서 촬영 기기를 멘 남자가 말없이 나를 바라보았다.

"이번 촬영 같이하기로 한 김민석 피디예요."

감독님이 친근하게 소개했다. 피디님이 든 대형 카메라를 보자 더럭 겁이 났다.

"우리 잘해 봅시다. 이 작품으로 대박 한번 쳐 보자고요. 이번 영화는 도회 학생한테 걸렸으니 잘 부탁해요."

"저도 부탁드려요. 저희 엄마 좀 꼭 만나게 해 주세요."

나는 어색하게 웃으며 인사드렸다.

"어린 나이에 드라마틱한 일들을 겪었던데요. 화끈하면서도 눈물샘 터지게만 나오면 대박인데."

피디님이 큐시트를 보며 말했다. '대박'이라는 말이 영 마음에 걸렸다. 순간 영화 언니가 생각났다.

'언니도 대박을 꿈꾸는 걸까?'

출국 수속을 마치고 비행기를 기다리는 동안 카메라가 연신 나를 조명했다. 신경이 쓰여 몇 번인가 손을 내저었다.

감독님이 한숨을 쉬며 심드렁하게 말했다.

"카메라 의식하지 말고 편하게 해요."

하지만 카메라를 들이댈 때마다 사람들이 나만 쳐다보는 것 같아 민망했다. 속도 더부룩하고 토할 것처럼 메슥거렸다. 안 하던 일을 하려니 정말 힘들었다.

"붉은 가방을 메고 세계를 돌고 돌아 다시 고향으로! 이게 콘셉트예요."

감독님의 말에 피디님이 내 배낭을 클로즈업했다. 다행히 비행기에 탑승할 시간이 되자, 비로소 편안한 숨을 쉴 수 있었다.

비행기에 올라 안전벨트를 맸나 싶었는데 금세 연길 공항에 도착했다.

'여권 하나면 이렇게 쉽게 오는 길이구나.'

나는 비행기 트랙에서 내려오며 주위를 두리번거렸다. 엄마와 함께 도망치느라 못 봤던 풍경들이 눈에 들어왔다. 중국어와 한글을 섞어 놓은 간판, 사람들의 칙칙한 옷차림, 인력거들. 대한민국 여권을 들고 연길에 왔다는 것이 믿기지 않았다. 공항 심사대에서도 불안해할 필요가 없었다.

'어딘가에 소속됐다는 것만으로도 이렇게 안전을 보장해 주는구나.'

신기하고 놀라웠다. 엄마 아빠도 얼른 대한민국으로 와 안정된 삶을 누렸으면 싶었다. 그러면서도 연길 어딘가에서 외눈박이 영감이 나타날 것만 같아 불안했다. 잊은 줄 알았던 악몽이 떠올랐다.

연길에서의 삶은 짐승의 시간이었다. 꽁꽁 언 두만강만 건너면 밝은 세상일 줄 알았다. 그런데 웬걸 산 넘어 산이었다. 공안의 눈을 피해 들어온 농촌 집은 상상을 초월했다. 허물어져 가는 너와지붕에 난방도 안 되는 방 두 개가 전부였다. 부엌도 따로 없이 바깥에 솥을 걸어 놓고 살았다. 지저분한 집 안에서 늙수그레한 영감이 나오며 엄마와 나를 맞았다. 그는 외눈박이에 말마저 어눌했다. 부인은 한국으로 돈 벌러 간 뒤 돌아오지 않는다고 했다. 처음에는 하얀 쌀밥에 고깃국을 내놓으며 선심을 썼다.

외눈박이 영감은 들일을 나갈 때 꼭 엄마를 데리고 갔다. 나한테는 빨래, 설거지, 집 치우기 같은 집안일을 잔뜩 시켰다. 끝없는 집안일에 화가 나기도 하고, 우리 엄마를 얼마나 부려 먹나 싶어 어딘지 모르지만 엄마를 찾아 들로 나섰다. 거기서 나는 보지 말았어야 할, 아니 일어나서는 안 될 꼴을 보고 말았다. 너무 놀라고 무서워 나도 모르게 미친 듯이 집으로 내달렸다.

땅거미가 지자 엄마와 외눈박이 영감이 내려왔다. 막상 엄마 얼굴을 보자 할 말을 잃었다. 엄마도 나도 벌레처럼 느껴졌다.

"들에 나왔드랬지?"

엄마는 내 눈치를 보며 조심스레 물었다.

"도희야, 저 영감이 신고하면 우린 즉각 북송되는 거 알지? 공안에게 잡히면 개처럼 끌려가 교화소에서도 벗어나기 힘들고. 미안하다, 그래서 어쩔 수 없이……"

엄마 말이 귀에 들어오지 않았다. 외눈박이 영감이 갈 곳 없는 우리를 도왔던 게 꿍꿍이속이 있어서였다니 화가 났다.

"내래 굶어 죽더라도 북에서 아빠를 기다리는 게 낫갓시요. 지금이라도 난 북으로 갈 테야요."

죽어도 아빠와 같은 하늘 아래 머무는 게 나을 뻔했다. 연길 농촌에 들어와 살다 보니 탈북자는 인간이 아니었다. 조선족의 한마디면 언제 중국 공안의 손에 넘어갈지 몰라 불안에 떨어야 했다. 그 약점을 악랄하게 이용하는 사람들. 그곳은 도피처가 아니라 도적의 소굴이란 생각밖에 안 들었다.

"엄마, 다시 돌아가자우요. 그만 새도래이(도망)치고."

나는 그 후로도 시간만 나면 엄마를 졸랐다.

해질 무렵이면 고향과 아빠가 더욱 그리웠다. 정치수용소에서 모진 고문을 당하고 있을 아빠 생각에 신경이 곤두섰다.

엄마와 내가 외눈박이의 소굴에서 도망치던 날도 그랬다. 동네잔치에

간 영감이 늦도록 돌아오지 않았다.

나는 기회다 싶어 마당에서 일하는 엄마에게 애원했다.

"엄마, 지금 당장 도망가자우요. 지금이 기회임네다."

"아직은 때가 아니야. 가다 잡히면 몰죽음이라우."

"내래 강 건너다 총살을 당하더라도 돌아가갓시요!"

"안 돼! 조금만 참아. 엄마가 생각이 있으니까니."

갑자기 술 냄새가 진동했다. 영감이 돌아온 걸 몰랐다.

'어디까지 들은 것일까?'

비틀거리는 눈에서 살기가 느껴졌다. 영감은 낫을 들고 와 엄마와 나를 위협했다.

"배신자 같은 년들, 들고양이처럼 도망칠 궁리만 하고. 배불리 먹이고 재워 줬더니 모녀가 작당질이나 해! 당장 신고해 버릴 테야. 공안! 공안!"

그가 혀 꼬부라진 소리로 말을 하다가 마루에 벌렁 누웠다. 많이 취한 듯싶었다.

그때였다. 엄마가 신발도 벗지 않고 방에 들어가 붉은 배낭과 짐 보따리를 가지고 나왔다.

"도희야, 튀라우!"

엄마와 나는 사립문 밖을 향해 뛰었다.

"내래 밭일 갈 때마다 도망갈 수 있는 길을 봐 두었어야. 엄마만 따라오라우."

엄마가 앞서서 길을 텄다.

평양에서 탈출해 산 지 꽤 되었지만 그토록 험한 산이 있는 줄 몰랐다. 가시에 찔려 피가 나고 발톱이 시큰거려도 쉬지 않고 달렸다. 가다 지치면 잠시 쪽잠은 잘지언정 민가로 들어가지는 않았다. 엄마와 내 모습은 영락없는 거지였다.

산 넘고 물 건너 연길역에 도착했을 때는 산송장이나 다름없었다. 며칠을 역에서 노숙하던 중 어딘가를 다녀온 엄마가 내게 새 옷과 새 신발을 건넸다.

"다 말은 못 하지만 평양서 아빠한테 신세졌던 분과 어렵게 연락이 닿았어. 너를 캐나다 난민 신청하게 해 준다니까 북경으로 비행기 타러 가야겠어."

엄마는 노숙하면서도 연일 브로커라는 사람을 만나기에 바빴다.

그러던 어느 날 북경행 기차를 탔다. 처음 탄 기차는 장관이었다. 2층 침대 칸에서 코를 골며 자는 사람, 식당에서 술 먹고 노래하는 사람 등 처음 보는 풍경이 많았다. 자유롭지 못한 엄마와 나는 공안을 피해 다니느라 잠시도 방심할 수 없었다. 빨간 완장을 탄 기관원이 검침하는 모습이 보이면 무조건 화장실을 찾았다. 칸마다 화장실이 한 개밖에 없어, 내가 화장실로 가면 엄마는 2층 침대에 숨어 자는 척하길 몇 시간. 드디어 북경역에 도착했을 땐 다리에 쥐가 나 걸을 수조차 없었다. 북경역에서 사기꾼 브로커를 만나 캐나다행 비행기를 탔던 생각이 나자 쓴웃음이 나왔다.

"연길 공항이 크지는 않네. 도희 양은 엄마랑 연길에서 산 적이 있다고 했죠?"

일행과 같이 공항 밖으로 나오는데 피디님이 물었다.

"농촌 마을에 잠시 살았어요. 깊은 산속에요."

이 일대에서 쓰레기통을 뒤지며 살았다던 영화 언니가 생각났다.

"잠깐 기다려요. 여기서 엄 사장님을 만나기로 했어요."

말이 끝나자마자 말끔한 차림의 남자가 지프차에서 내렸다.

"어서 오세요. 힘드시죠?"

말투로 보아서는 조선족인지 북조선 동무인지 구별되지 않았다.

'저분이 엄 사장님이구나. 엄마 소식을 알 수 있을까?'

"반갑습니다, 사장님. 지난번 전화로 말씀 드린 도희 학생이에요. 저희가 열악하다 보니 환상촌 김 원장이 도희 경비를 충당했어요. 도희 어머니를 찾는 데 같이 나서 주는 걸로 합의를 보고요."

나는 공손하게 인사드렸다. 엄 사장님이라는 분이 엄마를 찾아 줄 것만 같았다.

"조 감독한테 전화로 이야기 들었어요. 지금 여기저기에서 엄마 정보 알아보고 있으니까 좋은 소식 있을 거예요."

나는 자세한 내용이 듣고 싶어 조급증이 났다. 엄 사장님은 감독님과 귓속말을 주고받느라 바빴다. 나는 말할 분위기가 아닌 것 같아서 짬이 날 때까지 참았다.

우리는 엄 사장님의 차에 올랐다. 금방 연길 공항을 나와 시내로 접어들었다. 엄마와 도망 다닐 때는 거대한 성 같던 연길 시내가 작아 보였다.

"간판이 거의 한글로 되어 있는 게 우리나라 소도시 같네요."

"여기는 조선족 자치구라 정책적으로 간판에 한글을 쓰도록 되어 있어요."

피디님의 질문에 엄 사장님이 설명해 주었다. 나도 거리의 간판을 유심히 살폈다. 유난히 음식점 간판이 많았다.

'밀수하다 감옥에 있다고 했으니 엄마는 식당에 없겠지. 엄마가 갇힌 감옥은 어디일까?'

자동차는 시내를 벗어나 한참을 달린 후 한적한 곳에 도착했다. 도로변은 허허벌판이었다. 말라비틀어진 옥수수 대궁만 여기저기 널브러져 있을 뿐 인가도 별로 보이지 않고 가축도 눈에 띄지 않았다. 외눈박이 영감이 사는 농촌 마을과 비슷했다. 다시 불안증이 도지려 할 때마다 여권을 보았다.

'난 대한민국 국민이야. 떨지 마.'

허름한 건물 앞에 차가 멈췄다. 오래된 나무가 그윽한 눈으로 날 바라보는 것 같았다. 고향 마을에 있던 늙은 오동나무를 닮았다. 고목 밑에서 동무들과 전쟁놀이를 하던 생각이 났다. 평양 가까운 곳에 내가 있다고 생각하니 꿈만 같았다.

'엄마가 가꾸던 텃밭은 어떻게 됐을까? 아빠가 사 준 자전거는?'

엄 사장님은 우리를 데리고 건물 지하로 내려갔다. 퀴퀴한 냄새가 코를 찔렀다. 허름한 겉과는 달리 꽤 공간이 넓고 쾌적했다. 주방이 크고, 칸칸이 방이 있고, 문마다 중국어로 된 팻말이 걸려 있었다.

"여긴 지하 아지트예요. 엄 사장님은 북한 장마당을 오가며 유통업을 하면서 탈북자를 도와 중국 공안에게 잡혀 북송되는 걸 최대한 막아 주고 있지요. 탈북자들의 대부라고 불릴 만한 분이에요."

감독님의 말에 피디님은 고개를 끄덕였지만 나는 북송이라는 말에 가슴이 떨렸다. 감독님은 탈북 영화를 찍는다면서 공안, 북송, 추방이라는 말을 아무렇지 않게 했다.

'북송된 탈북자들이 당하는 고문이나 형벌을 안다면 저토록 무심할 수는 없을 텐데.'

영화로 성공, 대박 얘기만 하는 감독님을 보면서 탈북자들의 아픔을 제대로 살린 영화를 만들 수 있을지 걱정이 앞섰다.

"도희 학생은 이리 와 봐요."

엄 사장님이 밀실 같은 곳으로 나를 불렀다.

책상 위에는 서류 봉투와 컴퓨터 외에 별다른 것은 없었다.

"조 감독이 보내 준 자료에 좀 더 보완한 건데 한번 봐요."

엄 사장님이 서류 한 장을 내밀었다.

내가 북에서 살던 주소와 가족들의 정보가 있었다. 아빠의 직업과 엄마가 근무했던 학교 이름을 보는 순간 가슴이 방망이질했다.

"맞습니다. 지금 우리 엄마 어디 있나요?"

"자치구 내에 있는 교도소에 정보망 펼쳐 놨으니까 기다려 봐야 해요."

엄 사장님은 서류를 대충 훑어본 뒤 일행에게 저녁 식사를 권했다. 애끓는 나와 달리 모두 엄마 찾는 일에 큰 관심이 없어 보여 속상했다.

"밥과 반찬이 준비되어 있으니 양껏 드세요."

나는 그저 밖으로 나가고 싶었다. 문 밖만 나가면 엄마를 만날 수 있을 것 같은데 안에 있으려니 답답했다.

"밥 먹어요. 급하게 생각 말고."

감독님이 음식을 뜨며 말했다.

'엄마와 같은 하늘 아래 있는데도……'

나는 방에 들어가 감독님이 식사 끝날 때를 기다렸다가 다시 식당으로 나갔다.

"언제쯤 엄마한테 가실 거예요?"

"도희 양, 영화는 되는 대로 찍는 게 아니에요. 다시 말해 도희 양 마음이 급하다고 순서 없이 닥치는 대로 찍는 게 아니란 말이에요. 국경선 일대를 촬영하면서 꽃제비들 만나 인터뷰부터 할 거예요."

"그걸 왜 이제 말해 줘요? 우리 엄마는 언제 찾으러 가요?"

"아, 내가 말 안 했나? 그건 미안. 여하튼 정확한 소식이 들어오면 교도소를 찾아 나가는 콘셉트로 찍을 거예요. 도희 양은 순순히 따라 주면 돼요."

어이가 없었다. 당장 엄마를 찾으러 갈 줄 알았는데 감독님의 말로는 언제인지 예측할 수 없었다. 순간 나는 짜증이 나서 소리를 질렀다.

"저는 엄마 찾는 일이 급하다고요. 도와주신다고 해서 따라온 거고요."

"아, 알았어요. 기다리면 좋은 소식이 있을 거예요."

느긋한 감독님의 모습에 화가 났다. 하지만 너무 화를 내면 모든 게 틀어질 것 같아 속으로 나를 다독이고는 애원조로 물었다.

"감독님, 일단 엄마부터 찾아가면 안 될까요? 지금 저는 국경선 일대를 돌 기분도 아니고요."

"모든 일에는 순서가 있다니까. 도희 양도 자기 생각만 하지 말고 영화에 협조 좀 해. 인천 공항에서부터 마음에 드는 컷이 하나도 없더니 시작부터 피곤하네!"

감독님도 화가 났는지 반말로 윽박질렀다.

"피곤할 텐데 오늘은 좀 쉬어요. 무작정 교도소에 간다고 엄마를 만날 수 있는 것도 아닐 테고……."

피디님이 나를 방으로 떠밀었다.

방 안에 들어와 천장을 보며 한숨만 내쉬었다. 희망은 엄 사장님뿐이었다.

밤새 기다렸지만 엄 사장님은 돌아오지 않았다. 다음 날도 급하게 들어왔다가 누군가를 만나러 간다고 휙 사라졌다.

'감독님과 엄 사장님만 믿고 있어도 될까?'

아지트에 온 지 일주일이 지나도 촬영 팀은 엄마를 찾아 나설 생각은 않고 딴소리만 했다. 점점 깊은 늪으로 빠져드는 기분이었다.

"난민 생활의 어려운 점을 눈물이 쏙 나도록 말해 봐. 말을 하다 울먹거리기도 하고……."

내 기분은 안중에도 없는 감독님이 야속했다.

'진실을 담아야지. 자꾸 꾸며 낸 모습만 강조하네.'

영화는 잘 모르지만 서울에 있을 때부터 대박만 운운하던 감독님을 믿을 수 없었다. 알고 보니 예산은 기부 형태로 받았고 공모할 영화제도 정해지지 않은 것 같았다. 뭔가 허술한 느낌이 들었다. 엄 사장님도 기다리라고만 하고 얼굴 보기가 힘들었다. 나는 미로에 갇힌 생쥐 꼴이 된 듯 암울했다.

'이 사람들 말만 듣고 있다가 시간 낭비, 돈 낭비만 하다 돌아가는 게 아닐까?'

시간이 지날수록 불신과 조급증만 들었다.

잠도 안 오고 목이 말라 밖으로 나오는데 두런거리는 소리가 들렸다.

"연락이 전혀 안 되는 거 맞죠?"

감독님이 은밀한 소리로 물었다.

"중국 공안들 감시가 심해서 요즘은 탈북자들이 죽어 나가도 잘 모릅니다. 도희 어머니도 분명 가명을 쓸 테고, 지금 연길 교도소 내에 권순진이라는 이름으로 수감된 사람은 없어요."

"그럼 교도소 장면은 취소하고 철책 선에서 도희가 실망하는 모습을 그리는 쪽으로 바꿔야겠네."

억이 막혔다. 정말 시간 낭비만 하다 끝내다니. 기만당했다는 생각이 들었다. 방으로 돌아와 뜬눈으로 밤을 새웠다.

아침이 되자 촬영 팀이 나가는 소리가 들렸다. 나는 밤새 생각한 것을 실행하기로 했다. 원장님이 마련해 준 돈이 든 지갑은 늘 메고 다니는 작은 가방에 잘 두었다. 여권도 있고 돈도 있으니 엄마와 도망칠 때보다는 두려움도 덜했다.

'나 혼자라도 나서야 해.'

배낭을 꾸려 밖으로 나오려다 말고 깜짝 놀랐다. 며칠 안 보이던 엄 사장님이 나를 물끄러미 바라보고 있었다. 나는 얼른 배낭을 방에 다시 넣었다. 다행히 엄 사장님은 나에게 별 관심이 없어 보였다. 못 보던 사람들이 주방에 앉아 게걸스럽게 밥을 먹고 있었다. 아줌마 셋, 여자아이 한 명, 아저씨 두 명. 오랫동안 갈아입지 못했는지 옷차림이 말이 아니었다. 그들도 밥을 먹다 말고 불안한 눈으로 나를 쳐다보았다.

"라오스행 버스를 기다리고 있는 탈북자들이다. 안심하세요. 이 학생도 탈북자였어요."

엄 사장님은 번갈아 말한 뒤 나를 옆으로 데려가 말을 이었다.

"저 사람들은 지금 엄청 긴장하고 고단해. 지금 이 순간도 자기들의 정보가 새거나 갑자기 잡혀갈까 봐 불안한 상태지. 괜히 반갑다고 이것 저것 물어보지 말고 조용히 있어라."

엄 사장님은 또 급한 일이 있다며 번개처럼 나갔다. 뜨끔했다. 그 말을 듣지 않았다면 나는 불안해하는 여자아이에게 말을 걸었을 거다. 나는 조용히 내 방으로 들어와 배낭을 메고 살금살금 밖으로 나왔다. 문밖에서 웅크리고 있던 들고양이가 놀라 줄행랑을 쳤다.

최대한 빠른 걸음으로 아지트를 떠났다. 주위를 두리번거리며 조선족 택시 운전사를 찾았다. 농촌 마을에 산 경험으로 얼굴만 보아도 조선족임을 알 수 있었다.

"아저씨, 연길 자치구 내에 있는 교도소 좀 데려다 주세요."

나는 일부러 또박또박 서울말을 썼다. 기사 아저씨가 놀란 표정으로 쳐다보았다. 북에서 넘어온 도망자인가 의심하는 것 같았다. 예상했던 대로다. 나는 주머니에서 여권과 달러를 꺼내 보였다.

"불법자 아니에요. 서울에서 왔어요. 도와주세요. 택시비도 충분히 드릴게요."

기사는 달러를 보고 차 문을 열어 줬다.

'드디어 엄마를 찾으러 가는구나!'

가슴이 쿵쾅쿵쾅 뛰었다. 교외를 벗어나자 슬슬 불안하기도 하고 혼자라는 생각에 은근히 걱정도 됐다. 백미러로 나를 흘끔거리는 택시 기사의 시선도 신경 쓰였다.

"아저씨, 아직 멀었나요?"

"한 시간쯤 더 가야 해요. 택시비가 만만찮게 나올 텐데 괜찮겠어요?"

"네, 걱정 마세요."

대화를 시작하니 불안한 마음도 진정되고 육십 대쯤 되어 보이는 아저씨도 서글서글한 인상에 나쁜 사람 같아 보이지는 않았다. 나는 아저씨에게 도움을 청해야 했기에 조심스럽게 그간의 이야기를 들려줬다.

"대단하구만. 대한민국 여권이 있으니 다행이지. 연길 시내에 워낙 공안들이 많아서 위험해요. 암튼 엄마를 만났으면 좋겠네."

나는 이때다 싶어 필사적으로 매달렸다.

"아저씨, 교도소에 가서 중국어로 엄마 면회 좀 부탁할게요. 제가 경비 따로 드릴게요."

"이름 석 자만 갖고 면회가 가능할까 모르겠네."

아저씨는 내키지 않아 하면서도 순순히 승낙했다. 밴쿠버 공항에서 통역사를 만났을 때처럼 기뻤다.

'어딜 가나 수호천사는 있네.'

택시가 한적한 산속으로 들어서자 곧이어 회색 건물이 보였다. 정문 앞에 택시가 섰다. 총을 메고 빨간 완장을 찬 보안원이 경계의 눈으로 쏘아보며 뭔가를 물었다.

택시 운전사가 신분증을 내밀며 뭐라 뭐라 말하자 보안원이 안내 창구로 인도했다.

안내원이 귀찮다는 표정으로 자료를 뒤적이더니 손을 내저었다. 그러곤 냉정하게 다음 사람을 불렀다. 예감이 좋지 않았다.

"왜요? 엄마가 없대요?"

"응. 권순진이라는 사람은 없대. 탈북자들은 대부분 가명을 쓰기 때문에 평양 출신 수감자가 있는지 물었는데 무조건 이름을 묻네. 평양 출신 권순진으로도 물어봤는데 없고. 연길 자치구에 있는 유일한 교도소인데……."

허탈했다. 회색 감옥 주변에 널려 있는 옥수수 잎들이 스산한 내 마음을 대변하듯 바람에 흔들렸다.

'이제 어디로 가야 하나!'

부여잡았던 가슴이 내려앉으며 엄마를 만날 수 없을 것 같은 불안감이 들었다. 다리에 힘이 풀려 바닥에 주저앉았다.

"학생, 전화가 계속 오는데……."

택시 기사가 나를 부축하며 얼굴을 바라보았다. 감독님이었다.

'엄마를 찾을 때까지 절대 돌아가지 않을 거야.'

"아저씨, 저 연길 기차역까지만 데려다주세요."

나는 연길역에서 택시비를 지불한 뒤 차에서 내렸다.

'여기서부터 다시 시작하자. 힘내, 리도희!'

나는 내 자신을 응원했다.

역사 주변에 스산한 겨울바람이 불었다. 나는 몸을 옹송그린 채 하늘을 올려다보았다. 붉은 노을이 너울졌다. 내 마음도 붉게 물들어 갔다.

추위를 피할 겸 역사 안으로 들어가 앞일을 궁리해 보았다.

'어두워지기 전에 숙소를 잡아야 할 텐데.'

혼자 나서는 게 두렵기도 했고 엄마와 함께 했던 곳이라 그런지 역사를 떠나기가 쉽지 않았다. 한참이 지났다.

시내는 검은 바다에 잠긴 듯이 고요했다. 간간이 기적소리도 들리고 사람들도 오가기는 했지만 머무는 이는 없었다. 연신 하품을 하던 역무원도 조는지 쥐 죽은 듯 조용했다. 꼬르륵거리는 내 배꼽시계만 요란했다.

꼬르륵 소리가 워낙 커서 혹시 누가 들을까 싶어 배를 만졌다. 문득 내가 살아 있다는 느낌이 들었다. 밥을 먹고 힘을 내고 정신도 차려야 엄마를 만날 수 있을 거다. 나는 정신을 차리려고 고개를 들었다.

그런데 건너편 의자에서 웬 여자아이가 나를 빤히 쳐다보고 있었다. 알 수 없는 미소를 짓는 표정을 보니 꽤 오래 나를 보고 있었던 것 같았다. 떡진 머리에 꼬질꼬질한 누더기를 걸치고 너덜너덜한 운동화를 신었다. 시큼한 냄새도 나는 것 같아 피하고 싶은데 날 보는 형형한 눈빛에 꼼짝도 할 수 없었다.

"뭔가 냄새가…… 도강했슴? 왜 혼을 놓고 앉아 있지비?"

나는 여자아이가 꽃제비라는 걸 직감했다. 국경선 일대가 아닌 연길 시내에서 꽃제비를 만나리란 생각은 못 했다.

"난 구희, 할머니가 구사일생으로 태어난 계집애라고 이름을 똥같이 지어 줬지비."

구희는 자기 이름을 말하며 웃었다. 그 웃음에 마음이 한결 풀렸다.

"난 리도희."

"이름도 얼굴처럼 도도하구만. 내래 열다섯 살, 넌?"

"난 열여덟⋯⋯."

"내래 언니라 불러야 함?"

"편한 대로 해."

내가 살갑게 말하자 구희가 검은 눈을 반짝이며 웃었다. 구희의 선한 웃음 때문인지 정말 친동생처럼 느껴졌다.

"어째 말투가 요상하네. 어드메서 왔어?"

"응. 난 서울서 엄마 찾으러 왔어."

"서, 서울?"

구희가 도깨비에 홀린 듯 더듬거리며 물었다.

짧게 자초지종을 말하자 구희가 고개를 주억거렸다. 공감한다는 뜻 같았다. 답답한 심정을 털어놓고 나니 마음이 조금 놓였다.

"내래 국경선 일대를 떠돈 지 일 년 정도 되었지비. 통화, 장춘, 용정 등 싸돌아다니지 않은 곳이 아이 없슴. 여기서 떠돌다 기회 봐서 남조선 가려고."

"지금은 어디서 사는데?"

나는 구희를 놓치고 싶지 않았다. 나를 도와줄 사람이 필요했다. 아니, 말이 통하는 구희를 잡고 싶었다. 다행히 구희도 나를 경계하지 않왔다.

"고저 발길 닿는 대로 물 흐르는 대로 가는 거 아임? 목적지가 있을 리 없슴. 가다 배고프면 쓰레기통 뒤져 옥수수 알갱이라도 건지면 다행이고. 공안에게 잡히지만 않으면 되니까니."

"중국어 할 줄 알아?"

나는 궁금한 것부터 물었다.

"굴러다니며 얻어들은 귀동냥 정도."

"나 좀 도와줘. 밥은 내가 살게."

"그라니까니 언니가 나를 고용하겠다는 말임? 그럼 일단 위안 갖고 있는 거 좀 내놓으라우. 내래 몹시 배가 고프거든, 언니."

구희가 옴두꺼비처럼 거친 손을 내밀었다. 내가 돈을 주자마자 구희는 쏜살같이 대합실 문을 열고 나갔다.

'꽃제비에게 당한 건 아니겠지?'

다행히 구희는 금방 돌아왔다.

"그 흔한 만두집도 아이 보임. 간신히 노점상 할마이를 만나 이거이 싹쓸이해 왔슴. 언니도 어서 먹으라우."

구희가 왕만두를 내게 내민 뒤 마파람에 게 눈 감추듯 먹어 치웠다.

"이거이 몇 년 만에 먹어 보는 만두인지 모르갔어야. 꿀맛이라우."

구희가 만두를 입 안에 넣으며 행복한 얼굴로 말했다. 허기진 배가 차지 않은 것 같아서 내 몫을 구희에게 줬다.

구희는 환한 얼굴로 날름 받아먹었다.

"오늘 내 배가 놀라 장사 치르는 것 아님?"

구희가 자기 배를 툭툭 치며 화장실로 갔다.

구희는 어딘가 모르게 믿음이 갔다. 하지만 꽃제비에 대한 나쁜 소문이 생각나 경계심을 풀 수는 없었다. 구희가 화장실에서 나오기 전에 지갑을 꺼내 손가방 깊숙이 감췄다.

구희는 공안에게 검문이라도 당하면 골치 아프다며 나를 끌고 대합실 뒤편으로 나갔다.

"밥값을 해야지비. 언니는 이제 나만 따르라우."

나는 구희에게 사정을 구체적으로 털어놓았다.

"그러니까니 엄마를 찾아야 하고 당장 잘 곳이 없단 말이지비. 알갓시오. 따라오라우."

구희는 다짜고짜 열차 길로 들어섰다.

"철길을 따라가면 어디든 닿게 되었슴. 내래 철길 따라 안 가 본 데가 없슴."

"구희도 엄마를 찾아?"

나처럼 부모와 헤어진 건 아닌가 싶어서 조심히 물었다.

"모든 게 끝났슴. 엄마는 지금 저 높은 곳에서 날 보고 있을 거임."

구희가 하늘을 가리켰다. 엄마 생각을 하는지 한동안 말이 없었다. 점점 어둠이 몰려오고 추웠다. 우리는 선로를 따라 한참을 걸었다.

"이쪽으로."

선로 옆으로 빠지자 쓰레기더미 같은 허름한 창고가 보였다.

"여기가 우리 거처임. 요즘은 조선족이 변했슴. 우리만 보면 공안에게 신고해서 무서워. 포상금이 만만치 않으니까니. 차라리 여기가 편하다는 걸 언니도 차차 알 거임."

"알아. 나도 엄마랑 연길 농촌 골안에 산 적이 있어. 같은 핏줄이라고 친절하게 대하는 조선족도 많다는데……. 엄마와 나를 돌봐 주던 영감이 짐승으로 돌변한 것도 모자라 우릴 공안에게 팔려고 했어. 정말 끔찍했지."

"언니는 곱상해서 어려움이 없을 줄 알았슴. 근데 어떻게 성공한 거임?"

나는 길고도 험난했던 지난 이야기를 했다.

"와우! 언니, 정말 캐나다까지 갔었어야? 남조선에도 갔고? 나도 남조선에 가서 텔레비전에 나오는 것처럼 잘 살고 싶슴. 근데 여긴 왜 왔간?"

구희가 깜짝 놀란 표정이더니 호들갑스레 말했다.

"가족과 흩어져 사는데 남조선이나 캐나다가 무슨 소용이 있어. 남조선에 있어도 캐나다에 있어도 내 마음은 엄마 잃은 어린아이일 뿐이었어. 엄마 얼굴을 꼭 보고 싶어서 왔어. 영화 찍는다는 사람들이 도와준다 했는데 역시 꽝포(거짓말)였어."

"앗, 언니도 조국 말 쓰네. 꽝포, 호호."

구희의 웃음소리를 들으면서도 엄마의 마지막 목소리가 메아리쳤다.

"나는 남조선에만 가면 잘 살 수 있을 것 같슴. 언니처럼 그리워할 가족이 없으니까니."

구희가 밝은 얼굴로 말하며 자기 이야기를 이어 나갔다.

"우리 아빠는 소장수였슴메. 추석에 동네 사람들이 돈을 모아서 줄 테니 한 마리만 잡아서 몰래 먹자고 작당을 한 거임. 근데 누군가 밀고

한 거지비. 아빠는 현장에서 총살당하고 엄마는 밀수하다 잡혀 감옥에
서 병으로 돌아가시고……. 난 혼자 강을 건넜슴."

"세상에 소를 잡았다고 총살을 해? 거기다 엄마까지 돌아가시고, 정
말 힘들었겠다."

나는 말로만 듣던 꽃제비의 삶을 생생하게 들으면서도 믿어지지 않았
다. 평양에서는 듣도 보도 못 한 일이었다. 무슨 말을 해야 할지 몰라
하는 나를 오히려 구희가 다독였다.

"내래 이제 모든 것 다 잊었슴. 슬퍼도 웃고 기뻐도 웃어."

말을 마친 구희는 양손을 탁탁 치며 웃었다. 내 눈에는 웃는 게 아니
라 우는 것 같았다. 나도 속으로 울었다. 구희가 나이는 어리지만 나보
다 언니처럼 보였다.

그때였다. 창고 안으로 한 남자가 불쑥 들어왔다.

"뭐임?"

남자가 나를 본 뒤 구희에게 눈을 부라렸다.

흙바닥을 옷으로 쓸다 온 사람처럼 더러운 넝마를 걸치고 있었다. 날
보는 눈빛이 무서워 본능적으로 피했다.

"대합실에서 이 언니 만났슴. 아버지가 〈로동 신문〉 기자였다니 지식
분자임에 틀림없지비. 캐나다에도 갔었고 남조선에도 갔었슴. 놀랍지비?
엄마 찾아서 연길에 온 거임."

구희가 너스레를 떨며 말했다.

"엄마를 찾아?"

"오빠, 그냥 길동무라우. 도희 언니, 여긴 우리 사촌 오빠임."

구희가 양쪽을 인사시키려 애썼다. 내가 고개를 숙여 인사해도 남자는 나를 거들떠보지도 않았다.

"이 새쓰개(쓸개 빠진) 동무야. 왜 쓸데없는 일을 만들어 갖고 다님? 호구도 없고 공민증도 없어 맨날 쫓기는 신세에 왜 입을 더 보탬?"

남자는 내가 마치 빌붙어 살러 온 것처럼 생각하는 것 같았다. 구희가 친근한 목소리로 말했다.

"무슨 말을 그리함? 고향 떠나 똥파리처럼 살아가는 동무끼리 이렇게 으르렁거려야겠슴? 사내대장부가 왜 그리 꼬였지비? 먼저 신고식하면 어떻슴? 언니, 혁철 오빠가 말은 저렇게 뻣뻣하게 해도 속은 착함. 나보다 연길 시내 사정도 빠삭하고. 도움이 될 거임. 만두 간단하게 살 수 있지비?"

은근히 걱정되었다. 엄마 만나기 전에 이렇게 어울려 다니다 경비만 다 날리면 어쩌나 싶었다. 하지만 지금은 이들이 필요했다. 지푸라기라도 잡아야 할 사람은 나였다.

"이름은 리도희. 엄마를 꼭 찾아야 해서……"

손을 내미는 나를 보고 남자가 흠칫하는 게 보였다. 순간 눈이 마주쳤다. 악질 같아 보이지는 않았다.

"김혁철임. 내래 오빠 같은데?"

내 악수는 받지 않은 채 남자가 말했다.

서로 나이를 말하다 보니 나보다 한 살 위였다. 그냥 오빠라고 불러 주기로 했다.

인사를 마치자 혁철 오빠는 거들먹거리던 어깨를 풀고 눈의 독기도 슬슬 거두었다.

"금강산도 식후경 아임? 여기 싸고 만두 듬뿍 주는 집 아는데 아이 되 갓슴?"

구희 말에 나는 신고식이라 생각하고 돈을 꺼내어 주었다.

"오빠가 갔다 오라우. 내일부터 연길에 있는 경찰서 샅샅이 뒤져 보자요, 오빠."

나는 내 생각을 해 주는 구희가 고마웠다.

만두를 다 먹은 혁철 오빠는 바닥에 벌러덩 누웠다. 구희도 마찬가지였다. 혁철 오빠는 코까지 골았다. 딱딱한 바닥에 등이 배길 텐데도 이불에 누운 것처럼 편히 잤다.

나는 조용히 밖으로 나왔다. 지금, 엄마와 나는 같은 하늘 아래 있을지도 모르는데 서로 소식을 모르니 답답하기만 했다. 별빛이 쏟아질 듯 내 눈앞에서 아른거렸다. 별을 세며 엄마 아빠를 부르다 보니 희붐하게 동이 텄다.

*

처음 역 안에서 웅크리고 있는 도희 언니를 보는 순간 나와는 신분이 다른 사람이라는 느낌이 팍 왔다. 국경선을 떠돌다 보니 강을 건넌 사람들을 많이 만나게 된다. 바람 따라 물 따라 발길 닿는 대로 살면서 만난 북조선 사람들의 삶은 비슷했다. 처음에는 가슴 아프고 안타깝기도 했지만 지금은 무덤덤하다. 연민이나 동정도 시간이 지나면서 무뎌

졌다. 도희 언니만은 묘하게 달랐다.

"엄마를 찾아야 해. 중국어 잘해? 난 도움이 필요해."

도희 언니가 매달리는데 이상하게 마음이 끌렸다. 나같이 거리를 헤매는 사람을 붙잡고 애원하는 걸 보면 엄청 절박해 보였다.

"평양에서 태어나 안 가 본 데가 없어. 여기까지 온 이야기를 하려면 끝도 없을 거야."

도희 언니는 솔직하면서도 거들먹거리지 않았다. 그러면서도 근심 걱정이 많아 보였다. 그 걱정을 덜어 주고 싶었다. 징징댄다고 상황이 좋아지는 것도 아니고 먹을 게 생기는 것도 아닌데. 그저 웃는 것이 최고다. 엄마 아빠가 내 앞에서 사라진 것을 보면서 느낀 거다.

'도희 언니에게 남조선으로 가는 루트나 비용에 대해 도움을 청할까?'

도희 언니는 내가 꿈꾸던 세상에서 살았으니 도움이 될 것 같았다.

"내래 평양에 가 보는 게 소원이었슴메. 거기다 언니는 수재들만 모인다는 제1고등중학교까지 다녔다니 완전 부럽슴."

나는 손뼉까지 쳐 가며 언니 이야기를 들었다.

"부럽기는, 같은 처지 아냐? 고국을 등지고 개구리밥처럼 떠도는 신세잖아."

언니는 금방이라도 울 것 같았다.

"아임둥. 언니는 엄마 찾으면 다시 옛날로 돌아갈 수 있는 거 아임?"

"아빠가 정치적인 발언으로 수용소에 감금된 상태라 회생할 가능성은 없어. 그저 엄마 소식만이라도 들을 수 있으면……."

그 순간 나는 언니를 성심껏 도와야겠다는 생각이 들었다.

"엄마 찾으면 아빠도 찾을 거야. 엄마 아빠와 같이 살고 싶어. 그곳이 어디든."

가족 때문에 다시 위험한 길을 선택하는 언니가 진심으로 부러웠다.

'나는 이 땅에서 살지 않을 테야.'

나는 엄마가 돌아가신 뒤, 새벽 강을 건넌 것을 후회하지 않는다. 도희 언니는 조국을 그리워하는 것 같았지만 엄마 아빠를 죽인 조국이 나는 미웠다.

기회의 땅인 남조선으로 넘어가 제대로 사는 것. 선교사님이 운영하는 센터에서 가끔 남조선 텔레비전을 훔쳐보며 키워 온 꿈이다. 나는 꼭 언젠가 인천행 비행기를 탈 것이다.

"도와줄 거지? 구희야."

내가 생각에 잠겨 있느라 말이 없자 도희 언니가 내 이름까지 부르며 물었다. 친근감이 들면서 동지 의식이 생겼다.

어딘가를 돌아치다 늦게 온 혁철 오빠가 언니를 보며 성을 냈다. 언니 또한 혁철 오빠를 보는 눈이 예사롭지 않았다. 눈치 빠른 오빠도 언니의 마뜩하지 않은 시선을 느꼈는지 더 거칠게 굴었다. 언니가 만두를 사게 하는 것으로 순간을 무마했지만 마음이 편치 않았다.

"쟤, 돈 있슴?"

도희 언니가 만두 살 돈을 건네자 혁철 오빠가 귓속말로 물었다.

"서울에서 왔다니까……. 남조선 여권 갖고."

혁철 오빠의 눈빛이 흔들렸다.

만두를 허겁지겁 먹는 오빠의 모습을 언니가 신기하게 바라보았다.

'언니도 열흘만 굶어 봐. 태어나면서부터 거지는 없는 거임.'

나를 보는 눈빛도 저럴까 싶었지만 눈앞의 만두가 우선이었다.

"공민증도 없으면서 경찰서 쫓아다니다 어쩌려구……."

오빠 말이 맞았다. 꽃제비를 잡으려는 공안들이 있으니 조심해야 한다. 그래도 언니가 여권이 있으니 조금은 괜찮을 거다.

도희 언니와 나는 혁철 오빠 눈치를 보며 한참 이야기를 나누었다. 엄마를 찾아 택시를 타고 교도소까지 다녀온 이야기를 할 때는 깜짝 놀랐다. 한참 이야기를 하다 보니 자정이 넘은 듯싶었다. 나야 아무 데서나 자면 그만이지만 언니가 걱정이었다. 낡은 박스 한 장을 언니에게 건넸다. 언니는 연신 잠을 못 자고 뒤척였다. 나는 모른 척했다. 이보다 더 큰일들이 첩첩산중 쌓여 있다는 것을 알기에. 다행히 비는 오지 않고 밤공기도 그리 차지 않았다.

*

새벽안개가 걷힌 뒤로 조용히 주변을 살펴보았다. 보따리가 보이고 큰 돌멩이로 만든 화덕이 보였다. 그 위에 찌그러지고 새까맣게 그을린 냄비가 있었다. 무심히 냄비 뚜껑을 열었다. 읍, 나도 모르게 토악질이 나왔다.

'설마, 이런 음식을……'

구희를 바라보았다. 편안하게 잠을 자고 있었다. 혁철 오빠도 마찬가

지었다. 내가 보는 걸 느꼈는지 구희가 부스스 눈을 떴다.

"잘 잤슴? 모처럼 든든하게 먹고 잤더니 잠도 잘 옴."

구희가 특유의 웃음을 날리며 일어났다. 나는 대답 대신 냄비를 가리켰다.

"아, 상한 음식에 구더기가 바글하더라고. 주워 와서 끓여 먹은 거임. 강에서 사는 자그사니 새끼라고 생각하면 못 먹을 것도 없슴. 배고파 고향 떠났는데 여전히 쓰레기통을 뒤지는 신세가 서글플 뿐 일없슴."

구희가 무덤덤하게 말했다.

'얼마나 배가 고팠으면 구더기까지 먹을까. 아빠는 우리 인민들이 겪는 일들을 미리 알고 있었던 게 아닐까?'

나는 배가 고파 본 적이 없다. 물론 어버이 수령님의 은총으로 여기며 살았다. 그런데 국경선을 넘어와 보니 기막힌 일들이 너무 많았다. 아빠가 정치수용소에 갇힌 이유가 이런 '진실'을 말했기 때문일 거란 생각이 들었다.

'아빠를 구해 주세요. 엄마를 만나게 해 주세요. 우린 만나서 나눠야 할 이야기가 많아요.'

나는 하늘을 향해 무작정 빌었다. 그렇지 않으면 가슴이 터질 것 같아 견디기 힘들었다.

"동무들 뭐함? 아침 구하러 나갈 채비는 아이 하고……."

어느새 혁철 오빠가 일어나 구시렁거렸다.

"동무래 역 좌판에서 옥수수 죽 한 그릇씩 앵기는 게 어떻슴? 얼른 근처 유치장에 가 봐야 아이 함둥?"

구희가 집게손가락으로 죽 한 그릇을 흉내 내며 히죽 웃었다.

구희가 텃세하는 것 같아 약간 언짢았다. 하지만 유치장이라는 말에 아무 말도 못 하고 고개를 끄덕였다. 가방에서 돈을 꺼내 주자 구희와 혁철 오빠는 복권에 당첨된 듯 어딘가로 달려갔다. 나는 지갑을 깊숙이 감추면서도 불안했다. 돈이 술술 새는 느낌이었다.

"먹자우."

구희가 사 온 옥수수 죽을 건네며 말했다.

고향에서 먹던 것보다 진하고 고소했다. 북에서 가끔 엄마가 끓여 주던 옥수수 죽 맛이었다. 엄마 생각이 들자 더는 머뭇거릴 수가 없었다.

"얼른 가자!"

그릇조차 씹어 먹을 것처럼 맹렬하게 죽을 먹는 구희를 재촉했다.

"유치장은 아홉 시나 되어야 면회할 수 있슴."

혁철 오빠가 배고픈 짐승처럼 내 죽 그릇을 흘끔거렸다.

난감했다. 아홉 시가 되려면 한 시간이나 기다려야 했다. 혁철 오빠는 허락도 없이 내 죽 그릇을 가져가 핥아먹었다. 먹성만 부리는 그들이 야속했다.

"동무는 단고기(개고기)집 골목 한 바퀴 돌고 와. 내래 건너편 먹자골목 휘돌 테니까니."

혁철 오빠가 검은 비닐을 내밀며 말했다. 졸병에게 명령하듯 강압적인 목소리였다.

"알갓슴. 간단하게 돌고 올 거임."

구희는 내게 턱짓으로 따라오라고 한 뒤 광장을 건너 모퉁이를 돌았

149

다. 고깃국 끓이는 냄새가 진동했다. 앞서가던 구희가 흠흠거리며 냄새를 맡았다. 냄새만으로 허기를 채우는 표정이었다.

구희는 음식점이 있는 골목에 들어서자마자 음식 쓰레기통을 뒤졌다.

"가자우. 너무 일러서 나온 게 없슴. 이따 유치장 다녀온 뒤에 샅샅이 뒤지자우."

그러면서도 구희는 아무렇지 않게 음식 쓰레기통 안에서 뭔가를 꺼내 검은 비닐에 담았다.

"그 음식 상하지 않았어?"

"아침에 나오는 음식 찌꺼기는 상품임. 어쩌다 생선 대가리도 만나고 갈비뼈에 붙은 살코기도 건질 수 있으니까. 조금 상한 음식은 푹푹 끓여 먹으면 됨. 이 구역 도는 것도 다 영역이 있지비. 꽃제비들도 서열이 있다는 것 모름?"

나는 구희가 농담하는 줄 알았다.

"내래 꽝포 아님. 힘 좀 쓰는 선배가 일 차로 쓰레기통 순례가 끝난 뒤에야 우리 같은 잔챙이들이 돌 수 있는 거임. 괜히 서열을 무시했다가는 큰 코 다침. 어느 땐 중국 공안보다 북조선 동무가 더 무서울 때가 있지비."

"네 서열은 어느 정돈데?"

"난 별것 아니고 혁철 오빠 서열은 중간쯤. 이 바닥 왕초는 무섭다는 말만 들었지비. 실물을 본 적은 없슴."

딴 세상 얘기를 들으면서도 눈은 자꾸만 시계를 향했다.

"아홉 시가 다 되어 가는데……."

잠시 후, 혁철 오빠가 얼굴이 벌겋게 상기되어서 왔다.

"무슨 일임?"

"단고기집 아낙네가 냅다 드잡이를 하재임. 내래 속이 비어선지 고기 냄새에 눈이 뒤집히는 줄 알고 그만……. 훔친 고기만큼 내 살 벤다고 달려들어서 죽을 뻔했슴."

"내래 도둑질은 아이 된다 말하지 않았슴, 오빠?"

"내가 한 게 아임. 요놈의 손이 자꾸만 근질거린다 아임."

나는 두 사람의 실랑이에는 일없었다.

"아홉 시 다 되었네. 빨리 가자."

나는 두 사람 사이를 끼어들었다.

"도희 언니 얼굴이 완전 초죽음임. 얼른 서두르라우."

"쳇, 가 봤자 꽝이겠구만……."

연길역 앞 골목은 복잡했다. '하얀 꽃잎이 깔린 다방' '찾았다 흥신소' '진달래 노래방' 등 한글로 된 간판이 눈에 들어왔다. 왠지 촌스러웠다. 남조선의 복잡하면서도 깔끔한 거리와 비교되었다.

대로변에서 엇각으로 구부러진 길에 혁철 오빠가 섰다. 대충 아는 한문으로 보아 파출소였다.

"여긴데 뭐라고 할 거임? 괜히 잘못하다간 우리까지 덤터기 쓰는 거 아임? 나는 갈 거이니까니 알아서 하라우."

혁철 오빠는 구희에게 선전포고를 하듯 자기 말만 하고 휙 사라졌다.

"사내대장부가 쪼잔하긴. 일단 부딪쳐 보는 거임. 엄마 이름이 뭐임?"

"권 순 자 진 자. 1970년 평양 출생……."

"일단 들어가서 조선족이 있나 살펴보고 도움을 청해 보자우."

역시 나보다 경험이 많은 구희라서 대처 방법이 달랐다. 나는 구희를 따라 민원실로 들어갔다. 구희가 짧은 중국어 실력으로 뭔가를 묻느라 바빴다. 나는 두근대는 가슴을 진정시키며 구희를 지켜보았다.

잠시 후, 구희가 내 손을 잡고 간 곳은 칸막이로 된 사무실이었다.

"북조선에서 온 엄마를 찾는다고?"

분명 한국말인데 어투가 달랐다. 연길 농촌 골안에서 늙은이가 하던 말투와 닮았다. 나도 모르게 긴장하며 고개를 끄덕였다.

"참 용감무쌍한 새내기로구만. 까딱하면 본인부터 철창행이라는 것도 모르고 공민증도 없이 어찌 불쑥 들어와 엄마를 찾는감?"

경찰은 나도 꽃제비인 줄 알고 엄포를 놓았다. 하지만 구희는 조심해야 한다.

"경찰관님, 도와주심 안 됨까? 여기 있는지 확인만이라도 해 주심 안 됨까?"

구희가 진심을 다해 매달렸다. 평소 장난기 있는 철부지의 모습이 아니었다. 나도 구희의 말에 용기가 생겼다.

"엄마가 어디 계신지만이라도 알게 해 주세요."

엄마 나이쯤 되어 보이는 경찰은 조선족이었다. 구희가 귀신같이 조선족 경찰을 알아본 거다. 조선족 경찰 아줌마는 우리를 혼내면서도 컴퓨터를 두드리며 도와줄 기미를 보였다. 가슴이 쿵쾅거렸다.

"조회해 보니 나오지 않재이. 권순진이라는 이름은 있는데 민증 번호가 틀리재이. 수감되었다 해도 실명을 밝혔을 가능성이 없재이. 북조선에서 온 사람들의 수법은 뻔하니까니.”

벽 안에 갇힌 기분이었다. 엄마를 실명으로 찾기는 힘들다는 것은 택시를 타고 한 시간 정도 달려 교도소에 갔을 때와 같았다.

그때 택시 운전사에게 다른 교도소에 가 보자고 했더니, 연길에 있는 교도소는 한 군데 뿐이고 파출소에 가면 정보라도 얻을 수 있다고 했다. 그런데 파출소에 왔어도 허탕이라니, 하늘이 무너지는 것 같았다.

“도와주셔서 감사함다. 참말임다.”

구희가 인사를 한 뒤 내 손을 잡아끌었다. 나는 인상이 푸근하고 말이 통하는 조선족 경찰 아줌마에게 뭔가 더 묻고 싶어 우물쭈물 서 있었다.

“방법이 없을까요? 엄마 찾을……”

“국경선 넘은 사람들 도와주는 사람들을 찾아보라우.”

조선족 경찰 아줌마는 이 말만 남기곤 사무실 밖으로 나갔다.

“날래 가자우! 언니는 내 목숨이 둘인 줄 암?”

구희가 발을 동동 구르며 재촉하는 바람에 파출소를 나왔다. 완전 별세계에 다녀온 느낌이었다. 쉽게 엄마의 소식을 알 것이란 기대는 안 했지만 점점 더 막연해지는 기분이었다.

“기운 내라우. 당장 엄마가 죽었다는 소식도 아닌데 뭘 그리 죽상임? 언니처럼 근심 걱정이 많으면 될 일도 안 됨. 얼굴 펴라우.”

구희가 내 등을 두드렸다.

“언니, 내 말 고깝게 듣지 말라우. 울어야 할 경우에도 웃다 보면 진짜 웃게 됨. 내래 꽃제비 생활하며 터득한 개똥 철학이라우.”

구희와 입씨름할 힘이 없었다. 어찌해야 할지 난감했다. 암흑 같은 이 난관을 어찌 뚫고 나가야 할지. 주머니 속에 간직한 연어 목각 인형을 던져 버리고 싶었다. 지금까지 주머니에 연어 조각을 간직하며 은근히 연어의 힘을 의지했는데, 꽝이었다.

"꼬라지 보니 알조임. 내래 그럴 줄 알았지비."

연길 광장에서 죽치고 있던 혁철 오빠가 빈정댔다.

구희는 들은 척도 않고 시내를 향해 걸었다. 나도 구희 뒤를 따랐다. 혁철 오빠는 내 뒤에서 어슬렁거리며 쫓아왔다. 한참을 걷다 보니 연길 시내를 벗어나 있었다. 농촌 골안이 가까운 듯 간간이 눈이 가득한 논이 보였다. 얼굴에 와 닿는 바람이 몹시 찼다. 갈증도 나고 어지럼증도 일었다. 혁철 오빠와 구희는 쉬지 않고 걸었다.

"어디 가는 거임?"

"조금만 참으라우. 시내를 벗어나면 탈북자들 돕는 사람들이 있슴. 운 좋으면 만날 테니까니 일단 가 보는 거임."

구희가 힘주어 말했다.

"헛수고 말라우! 귀신같이 자리를 옮겨 다니는데 무슨 수로 찾으려고. 먹을 거나 찾아보라우!"

"그래도 남조선에서 여기까지 왔는데 애는 써 봐야 하지 않슴?"

구희의 말에 혁철 오빠는 화난 사람처럼 저벅저벅 앞서 걸었다. 혁철 오빠의 속은 알다가도 모르겠다.

걷다 보니 노을이 스멀스멀 지고 있었다. 나는 어둠만 오면 공포스러웠다. 두 사람은 어둠 따위는 아랑곳없이 열심히 걸었다. 나는 납덩이처럼 무거운 몸을 이끌고 뒤를 따랐다. 찬바람에 콧물이 얼 지경이었다. 앞서 걷던 구희가 둔덕 위의 돌멩이에 철퍼덕 앉았다. 혁철 오빠가 짊어진 짐을 내려놓으며 시커먼 옷소매로 콧물을 쓰윽 닦았다. 입에서 하얀 입김이 나오는 것을 보니 더욱 춥게 느껴졌다.

"이거라도 먹자우!"

구희가 검은 비닐 속에서 뭔가를 꺼냈다.

새벽에 음식 쓰레기통에서 건진 봉지였다. 비닐을 펼치니 노란 옥수수 알이 보였다. 팅팅 불어서 곤죽이 된 상태였다. 배는 고팠지만 쓰레기통에서 건진 옥수수 알을 먹을 수는 없었다. 쉰내도 나는 것 같았다. 음식점은 보이지 않았다.

한 시간 정도 더 걸어가자 얼음이 꽝꽝 언 냇가가 보였다. 구희가 다리 밑으로 내려가 짐을 풀었다.

'추운데 여기서 자겠다는 건가?'

황당해하는 나와 달리 구희와 혁철 오빠는 다리 밑을 자기 집처럼 생각했다.

다리 밑에는 다른 꽃제비들이 머물다 갔는지 불에 그을린 검은 돌이며 음식 찌꺼기 등이 보였다.

"오늘은 여기서 자고 내일 아침 내가 알고 있는 단체를 찾아가자우."

구희 말에 혁철 오빠가 콧방귀를 뀌었다. 구희는 혁철 오빠가 틱틱거려도 화를 내거나 다투지 않았다.

"오빠는 주변 휘휘 돌아서 허기증 덜 것 좀 찾아보라우!"

내가 실신할 것처럼 힘들어하자 구희가 걱정스럽게 말했다.

"그러게 왜 혹은 달고 옴? 네가 저 새내기 먹여 살릴 재간이나 됨?"

혁철 오빠의 타박이 듣기 싫었지만 가만히 있을 수밖에 없었다.

농촌 골안이라 사위가 더 캄캄했다. 드문드문 보이는 민가에서 하얀 연기가 피어올랐다. 밥 짓는 냄새가 바람결에 날아왔다. 뭉클, 가슴 깊은 곳에서 뜨거운 것이 꿈틀댔다.

"저 민가에는 온 가족이 모여 저녁을 먹겠지?"

나도 모르게 목소리가 젖어 들었다. 미치도록 엄마가 보고 싶다 못해 목젖이 울컥했다.

"도희 언니는 너무 감상적임. 그런 사치스런 생각은 버려야 함. 내래 가족이라는 말조차 잊은 지 오래됐어야. 언니도 좀 단단해져야 가시밭길을 헤치고 나갈 수 있을 텐데……."

구희가 북에서 사상교육을 하던 선생님처럼 말했다. 갑자기 부끄럽다는 생각이 들었다. 나보다 더 험한 일을 겪으며 산 아이 앞에서 징징대기나 하는 내 자신이.

"여기는 연길 시내하고는 영 다름. 먹을 거라곤 눈을 씻고 봐도 없슴. 간신히 단고기집서 살점 삭삭 발린 뼈다귀 몇 개 주워 왔는데 이거라도 씹으라우. 허기라도 채우면 다행 아임?"

다리 밑으로 돌아온 혁철 오빠가 뼈다귀 한 개씩을 건네며 생색을 냈다. 살점이라고는 눈곱만큼도 보이지 않았다. 얼굴에 화색이 도는 구희를 보며 생각했다.

'늘 이렇게 쓰레기 같은 음식을 먹고 살았구나. 나는 평양, 캐나다, 남한 어디에서도 배곯아 본 적은 없는데.'

"뼈다귀도 씹어 먹으면 고소하지비?"

내가 멍하니 있자 구희가 뼈다귀를 흔들며 말했다.

나도 얼떨결에 받은 뼈다귀를 입에 넣고 오물거렸다. 너무 지쳐서 뭐라도 먹어야 정신을 차릴 것 같았다. 씹다 보니 뭔가 고소한 국물이 나오는 것 같기도 했다.

"언니도 잘 먹네. 시장이 반찬이라는 말 헷소리 아니구만. 헤헤."

어떤 상황이든 장난스럽게 말하는 구희가 대단해 보였다.

"아직 더 가야 하니까니 오늘은 여기서 눈 붙여야겠슴."

구희의 말에 혁철 오빠는 당연하다는 듯 나뭇가지며 지푸라기를 긁어모았다.

다리 밑이긴 하지만 허허벌판이나 마찬가지라 바람이 억셌다. 찬바람에 볼살이 얼얼했다. 구희가 넝마 옷을 주어 껴입었는데도 온몸이 얼음장처럼 차가웠다. 칠흑 같은 어둠 속에서도 구희와 혁철 오빠는 제 집처럼 잘 잤다. 나는 도저히 돌짝밭에 등을 댈 수 없어 앉아서 졸다 깨다 하다가 까무룩 잠이 들었다. 꿈속에서라도 엄마가 찾아오면 좋겠다.

*

도희 언니가 잠 못 이루고 있다는 걸 안다. 하지만 내가 해 줄 수 있는 일은 없었다. 국경선 일대에서 처음 만난 꽃제비 선배들처럼 언니를 무심히 봐 주는 것만이 최선이었다. 부딪히면서 도희 언니도 단련되어 갈 것이다.

새벽에 소변이 마려워 일어났다. 도희 언니부터 살폈다. 밤새 쪼그리고 앉아 있던 언니가 잔뜩 웅크린 채 새우잠을 자고 있었다. 다행이다 싶었다. 꽤 많이 걸어 피곤할 텐데도 엄마를 찾지 못하는 안타까움에 잠 못 이루는 것을 보면 마음이 짠했다.

'어드메 간 거임?'

도희 언니를 살핀 뒤에야 혁철 오빠가 눈에 보이지 않는 걸 알았다. 아침잠이 많은 오빤데 무슨 일인가 싶어 주위를 살폈다.

왠지 불길한 예감이 스쳤다. 수심 가득한 얼굴로 잠든 언니를 보니 가슴께가 뻐근했다. 가만히 앉아 있을 수만은 없어 다리 위로 올라가 보았다.

'민가에 먹을거리를 얻으러 갔나?'

혁철 오빠가 민가에 들어간 적은 한 번도 없기에 가능성은 없다. 하지만 억지로라도 긍정적인 쪽으로 생각을 모았다.

마을은 아직도 잠에서 깨어나지 않았다. 민가를 찾아가는데 퍼뜩 머릿속을 스치는 생각이 있었다. 나는 재빨리 다리 밑으로 내려왔다. 도희 언니는 공벌레처럼 웅크린 채 누워 있었다.

언니가 늘 허리춤에 차고 다니던 작은 가방을 살폈다. 보이지 않았다. 가슴이 덜컥 내려앉았다. 언니의 허리께를 가만가만 만져 보았다. 혹시 지갑만 따로 주머니에 넣은 게 아닌가 싶어 가방을 뒤졌다. 허사였다.

다리 위로 올라가 사방을 두리번거렸다. 새벽부터 집 앞에서 장작을 패는 할아버지가 눈에 띄었다. 미친 듯이 달려가 다짜고짜 물었다.

"혹시 남자아이 못 봤슴까?"

할아버지가 무슨 말이냐는 듯 날 바라보았다.

"키가 훤칠한 사내아이 못 보셨는가 말임다."

나는 할아버지가 못 들었나 싶어 손짓까지 하며 물었다.

"쏼라 쏼라……."

헉, 중국 본토 말이었다. 할아버지는 조선족이 아니라 한족인 듯싶었다. 온몸이 감전된 듯 저릿했다. 그렇다고 넋 놓고 있을 수만은 없었다. 나는 차가 다니는 큰길까지 뛰었다.

"혁철 오빠! 오빠! 아이 됨. 도둑질은 절대로!"

새벽이라 차가 없어 황량했다. 어디를 보아도 오빠는 보이지 않았다. 냇가 건너편에 있는 야산으로 도망친 게 분명했다.

나는 도희 언니가 걱정되어 다리 밑으로 되돌아갔다. 등줄기에서 식은땀이 줄줄 흘러내렸다.

"어디 갔다 오는 거야?"

큰 돌멩이 위에 앉아 있던 언니가 피곤한 얼굴로 물었다. 아직 가방에 대해 모르는 눈치였다. 다행이다 싶으면서도 다리가 후들거렸다.

"깊이 잠들었슴?"

잠든 언니가 잘못이라도 한 듯 물었다. 언니가 나를 물끄러미 쳐다보다가 뭔가 생각난 듯 허리춤을 만지작거렸다.

"어, 내 가방! 내 지갑!"

도희 언니의 얼굴이 하얗게 질렸다.

"혁철 오빠는?"

할 말이 없었다.

"미안함. 참말로 미안해서 어드레 해야 할지 모르갓슴메."

"내 가방, 지갑……."

도회 언니가 횡설수설하다 말고 쓰러져 울었다.

"혁철 오빠가…… 그럴 사람이 아님!"

도회 언니는 내 말은 들은 척도 않고 온몸을 부들부들 떨었다.

"혁철 오빠가 도둑이었어? 너랑 짜고 한 일이었니?"

금방이라도 쓰러질 것 같던 언니가 어디서 그런 힘이 나왔는지 내 멱살을 잡았다.

"절대 아임. 혁철 오빠가 나쁜 도둑은 아님. 장마당에서 강냉이 국수나 음식을 슬쩍한 적은 있지만 지갑을 훔친 적은 없슴. 맹세코 곧 돌아올 거임."

"처음부터 눈빛이 안 좋아. 꿍꿍이속이 있었던 거야. 이제 어떡해. 우리 엄마는? 엉?"

도회 언니가 바닥에 앉아 울부짖었다.

'오빠가 왜 그랬을까?'

친척이기도 하지만 어려서부터 같은 동네, 그것도 위아랫집에 살았기에 오빠에 대해 잘 안다. 배가 고파 음식을 훔쳐 먹은 적이 있지만 남의 돈까지 훔칠 사람은 아니다.

"난 가야 해! 엄마한테……."

도회 언니가 실성한 듯 중얼거리며 다리 위로 올라갔다.

언니의 화만 풀린다면 나를 때려도 일없었다. 차라리 그랬더라면 덜 미안했을 것이다. 언니는 말없이 걸었다. 가끔씩 하늘을 쳐다보며 한숨을 쉬기도 했다. 모른 척했다. 말하지 않아도 언니의 타들어 가는 마음을 알기에.

"너도 상관 말고 가! 혁철 오빠가 널 기다릴지도 모르잖아."

도희 언니가 날 좇다 말고 의심하는 눈초리로 말했다. 내 속을 열어 보일 수도 없고 무조건 믿어 달라고 할 수도 없어 갑갑했다.

"내래 언니 엄마 찾을 때까지 같이 있겠슴. 믿어 주라우."

"왜? 너도 혁철 오빠처럼 떠나면 그만 아냐?"

"언니, 언니를 만날 때부터 왠지 범상치가 않았지비. 길 위에 오래 살다 보면 직감이라는 게 생기게 마련임. 난 절대 언니를 안 떠날 거임."

도희 언니는 애매한 표정으로 내 말을 들었다. 모든 걸 잃은 눈빛을 보는 것만으로도 아팠다.

겨울 하늘이 어둡게 물들었다. 한바탕 눈이 쏟아질 태세였다. 눈이 내리면 먹을 것도 없고 얼어 죽을지도 모른다. 남조선행 비행기를 타기 전까지는 견뎌야 한다. 주먹을 불끈 쥐었다.

*

이럴 수가! 지갑이 사라졌다. 허망했다. 손발이 꽁꽁 묶인 것 같았다. 한 발자국도 움직일 힘이 없었다. 이제는 구희도 믿을 수 없었다.

'대합실에서 내게 접근한 것부터 불순한 의도가 아니었을까?'

구희는 엄마를 찾을 때까지 곁에 있겠다고 했다.

나는 마음과 달리 모질게 구희를 내칠 수 없었다. 그러기엔 난 너무

연약한 존재였다. 나의 한계였다.

"언니, 날 믿고 따라오라우!"

구희가 앞서 걸었다.

터벅터벅.

나는 죽으러 가는 사람처럼 맥없이 구희를 따랐다. 말없이 한 시간 정도 걷자 허름한 집이 나타났다. 중국에도 북한만큼이나 구정물이 줄줄 흐르는 초라한 집이 있다는 것에 놀랐다. 평양에 살 때 중국에는 거지도 없고 대궐 같은 집은 아니더라도 북한보다는 훨씬 선진국이라고 배웠다.

구희가 잔뜩 긴장한 얼굴로 두리번거리더니 내게 손짓했다. 가파른 길을 내려가자 동굴처럼 침침한 곳이 나왔다. 사람 사는 집이 아니라 도망자들의 은신처 같았다.

"여기서 가만히 기다리라우. 저 아래는 내래 혼자 다녀오갓어."

구희가 사라지자 혼자라는 생각에 공포감이 들었다. 햇볕 한 점 없는 컴컴한 곳에 매장되는 것은 아닌지. 구희에 대한 불신도 한몫했다.

'중국 땅 곳곳에 사람 장사꾼과 공안으로 득시글거리는데……. 구희도?'

내면에서 소리 없는 아우성이 요동쳤다.

"도희 언니, 이쪽 좀 보라우!"

구희가 긴장한 목소리로 날 불렀다.

아래층을 향해 내려가는 계단이 보였다. 계단 아래서 구희가 내려오라고 손짓했다. 잠시 망설였지만 선택의 여지가 없었다.

나무로 된 계단을 내려가자 단정한 차림의 여자가 나를 바라보았다.

"김 간사님이셔. 우리 같은 탈북자들 많이 도와주시는 어머니 같은 분이지비."

구희가 수령님이라도 소개하는 것처럼 들뜨는 게 거슬렸다.

나는 마지못해 고개 숙여 인사했다. 늙지도 젊지도 않은 아줌마가 인자한 미소를 지으며 손을 내밀었다. 나는 손을 내밀 수가 없었다. 워낙 많이 속다 보니 이젠 그 누구도 믿을 수 없었다.

"고생이 많구먼. 구희한테 들었는데 엄마를 찾는다고?"

"네."

나는 길게 이야기하고 싶지 않았다.

김 간사님은 나에 대해 알고 싶어 했다. 하지만 나는 침묵을 택했다. 믿을 수가 없어 더 그랬다. 모든 사람이 나를 등쳐 먹으려 달려드는 것만 같았다.

"나는 믿어도 된다. 아니 나를 믿어야 널 도울 수 있어. 일단 배고플 테니 부엌에 들어가서 밥 먹어라. 구희도 같이."

김 간사님은 누군가를 만나러 간다고 나갔다. 동굴 같은 곳에 구희와 나만 남게 되었다.

"김 간사님은 남조선에서 온 분인데…… 우리들에게 잘 하시는 분이니까니 믿어도 됨. 차차 언니 엄마 얘기하면서 정보 부탁해 보라우. 워낙 바쁜 분이라 시간을 잘 맞춰야 되지만 국경선에서 떠돌아다니는 탈북자 중에 김 간사님 신세 안 진 사람 드물지비."

나는 구희가 열변을 토해도 심드렁했다.

"그냥 브로커 아냐? 국경선 일대서 돈 받고 남조선으로 보내는 사람들 다 같잖아."

"그런 사람들하고는 달라. 김 간사님은 개인이 돈을 버는 게 아니라 한국 교회에서 파견 나온 심부름꾼이라우. 여기서는 선교사를 사장님이나 간사님이라고 부르지비. 종교 활동은 금지라."

구희가 굉장한 비밀이라도 누설하는 것처럼 조심스럽게 말했다.

환상촌 원장님도 기독교 신자이긴 하지만 원생들에게 종교를 강요하지는 않았다. 나 또한 수령님과 부모님 외에는 누구도 믿어 본 적이 없어 원장님이 좋으면서도 쉽게 동요되지는 않았다. 그런데 서울에서 온 간사님이 조건 없이 돕는 이유가 종교 때문이라니 헷갈렸다.

"언니도 간사님 만나다 보면 차차 알게 될 거임."

"그렇게 간사님을 숭배하는 넌 왜 여태껏……."

나는 차마 떠돌이 생활을 하냐고 물을 수는 없었다. 구희는 내가 묻지 못한 말을 알아챈 눈치였다.

"김 간사님이 주선해서 나도 남조선에 갈 뻔했지비. 라오스 배 타기 직전까지 무사히 갔는데 거기서 중국 공안에게 잡힌 거임. 그때 감옥에서 죽을 만큼 고생했지비. 지금도 간사님은 날 신경 써 주고 있어. 그러니까니 언니도……."

나는 구희의 말에 입을 다물지 못했다. 구희는 나보다 훨씬 많은 경험을 한 아이답게 힘든 이야기도 담담하게 말했다.

"밥 먹자우. 아무튼 김 간사님 쫓아다니면 도움 받을 수 있을 거임. 공안의 눈을 피해 자주 옮겨 다니기 때문에 거처를 놓칠 때가 있으니까니 그것만 조심하면 되지비."

구희는 부엌에 들어가 능숙하게 반찬과 밥을 꺼내 상을 차렸다. 총각 김치가 먹음직스러웠다. 나도 모르게 침 넘어가는 소리가 들렸다. 모처럼 하얀 이밥에 미역국을 양껏 먹었다. 배가 부르니 지갑을 잃어버린 슬픔이 조금은 가신 듯했다.

"여기 잠시만 혼자 있을 수 있지비? 내래 혁철 오빠를 찾아 봐야겠슴. 며칠 걸리지도 모르니까니 꼼짝 말고 여기 있으라우!"

구희가 삼 일째 동굴 같은 지하 아지트에 들어오지 않았다. 김 간사님도 보이지 않았다. 간간이 밖에서 인기척이 들렸지만 모른 체했다. 혼자 있으려니 모든 게 낯설고 두려웠다.

'구희가 혁철 오빠와 짜고 나를 도와주는 척 안심시킨 뒤 김 간사에게 나를 판 것이 아닐까?'

한번 의심을 품기 시작하자 눈덩이처럼 커졌다.

'이제는 정말 너 혼자 헤쳐 나가야 해. 정신 차리라고.'

나는 거울을 보며 다짐했다. 힘내기 위해, 자신을 믿기 위해 이제는 내 분신이 되어 버린 붉은 배낭과 연어 조각을 꺼냈다. 나는 배낭 냄새를 실컷 맡고 연어 조각을 손에 꼭 쥔 채 집 안을 살펴보았다. 열 평 남짓한 방과 거실에는 별다른 살림이 없었다. 특이한 게 있다면 거실 한가운데에 걸린 세계 지도와 나무로 된 십자가였다.

"지하 교회에서 성경을 읽거나 십자가를 간직하고 있는 사람은 처형한다."

북에 있을 때, 생활총서 시간에 들은 말이 기억났다. 이 공간이 그런 사람들이 모여 집회를 하는 곳인 것 같아 마음이 편치 않았다. 어서 이 곳을 나가야겠다는 생각이 들었다.

"구희는? 너 혼자 있었어?"

김 간사님이 후줄근한 차림으로 들어왔다. 넋 놓고 있는 나를 보자 당황하는 것 같았다.

"라오스행 배를 탔던 사람들이 공안에게 잡혔다고 해서 바빴어. 미안, 혼자 있느라 무서웠겠다."

간사님의 표정과 인상을 보니 사람 장사꾼처럼 보이지는 않았다. 그래도 긴장의 끈을 놓을 수 없었다.

"구희는 혁철 오빠 찾으러 나갔어요."

"밥은 먹었니? 구희는 들어올 거다. 내 얘기도 잘 안 들어. 여기서 중국어 공부도 하고 차분히 준비하라고 해도 제 맘대로 튀어나갔다 들어오길 반복한단다. 단숨에 돈 벌 생각만 하고. 그래서 기회를 많이 놓쳤어. 서울에 가서도 그 성격으로는 힘들 텐데 걱정이야."

김 간사님 말에서 구희를 진심으로 걱정하는 게 느껴졌다.

"고생 많았지? 구희한테 대충 들었는데 영화 찍으러 왔다며?"

김 간사님은 내 얼굴만 보아도 다 안다는 표정으로 인자하게 물었다.

"꽝이었어요. 엄마를 꼭 찾고 싶어요."

이 말을 시작으로 나는 내 이야기를 다 풀어 놓았다.

내 말에 고개를 끄덕이거나 눈을 껌벅이며 적극적으로 듣는 모습에 환상촌 원장님이 생각났다.

"참 다양한 일을 겪었구나. 엄마부터 찾는 게 우선일 텐데, 교도소까지 갔었다고? 아마 본명으로 찾는 건 힘들었을 거야."

"엄마를 못 찾으면 어떡해요?"

"미리 절망하지 마라. 길은 있을 거야. 네가 이 센터까지 들어오게 된 것도 모두 뜻이 있어서일 게다."

간사님의 말로 애써 나를 위로하며 설거지를 하고 있는데 구희가 불쑥 들어왔다. 그새 더 꾀죄죄해졌다. 없을 때는 괘씸했는데 막상 얼굴을 보니 반가웠다.

"어딜 혼자 다녀. 구희 너는 그 버릇 고치지 않으면 정착하기 힘든데, 남조선을 가더라도 마찬가지야."

"그럴 이유가 있었습다, 간사님."

"이유는 늘 있게 마련이지."

배가 고픈지 구희는 밥통에서 양재기 가득 밥을 푼 뒤 허겁지겁 밥을 먹었다. 마지막 밥을 넘기고 입을 쓰윽 닦고는 이야기를 시작했다.

"오빠가 북으로 넘어가다 국경수비대에 걸렸담다. 혼자 병을 앓고 있던 아빠가 위급하다는 소식을 들었나 봅다. 내래 아저씨 폐가 많이 나쁜 줄은 알았지만 그리 절박한 줄은 몰랐습다. 돈은 돈대로 날리고 아빠도 구하지 못하고 감옥에서 고초를 당할 텐데……. 어찌하면 좋을지 모르겠습다. 불쌍함다. 오빠도 아저씨도."

억이 막혔다. 엄마를 찾는 데 쓸 돈이 그렇게 허무하게 날아가다니.

"도희 언니, 정말 미안해. 괜히 나 땜에……."

구희는 미안해하면서도 혁철 오빠가 당할 고문이 생각나서인지 몹시 애달파하는 모습이었다. 어쨌든 사과한다고 용서되는 일은 아니었다. 나는 말없이 방으로 들어와 누웠다.

'아, 내 조국은 왜 이렇게 많은 사람들에게 상처를 주는 걸까?'

나도 모르게 조국이라는 말을 쓰는 내가 낯설기 시작했다.

'조국? 내 조국은 어디일까? 남조선? 북조선? 엄마 아빠가 있는 곳인가, 여권을 발급해 준 대한민국인가? 내게 둘 중에 하나를 택하라면…… 내 몸의 일부를 자르거나 심장을 떼지 않고선……'

북조선, 남조선, 중국, 캐나다 그리고 지금 다시 중국 연길에 선 내가 누구인지 되물었다. 밤이 깊어도 머릿속은 실타래처럼 얽히고 설켜 풀릴 기미가 보이지 않았다. 불현듯 은우가 몹시 보고 싶다는 생각이 들었다.

'은우는 내게 어떤 존재일까?'

다음 날부터 김 간사님을 따라 엄마가 있을 만한 곳은 샅샅이 뒤지고 다녔다. 파출소는 물론 조선족이 하는 식당과 공장도 뒤졌다. 매일이 초죽음이었다. 포기하고 싶기도 했다. 하지만 혁철 오빠처럼 죽더라도 아빠가 있는 북으로 다시 가야 하는 것 아닌가 싶은 마음에 힘을 냈다. 늘 동행하던 구희도 내게 쉽게 말을 붙이지 못했다. 며칠 돌아다녀도 소용이 없자 나와 구희를 두고 간사님은 정보 사냥을 나갔다.

간사님은 바람처럼 사라졌다가 들어오곤 했다. 엄 사장님과 다른 건 눈빛이었다. 진심으로 구희와 나를 걱정해 주는 것 같았다.

"남조선은 정말 좋지비? 남조선 드라마 보면 굉장하던데. 멋진 사람들도 많고 빌딩도 높고. 나도 남조선에 날래 가고 싶다."

구희는 시간만 나면 남조선에 대해 물었다. 다음 남조선행 루트에 동참하기로 되어 더욱 관심이 높은 것 같았다. 꿈에 젖어 있는 구희를 보면 만감이 교차했다.

'저렇게 가고 싶어 하는 대한민국에 난 이미 살고 있는데…… 난 왜 그걸 누리며 살지 못했지? 엄마 찾을 생각만 하느라 중요한 걸 잊고 산 건 아닐까? 엄마가 바라는 삶은 무엇일까?'

연길에서 구희를 만나지 않았다면 깨닫지 못한 것이었다. 한편으로는 서울로 돌아가는 게 의미가 있나 싶기도 했다. 내 마음을 나도 어찌할 수 없을 만큼 오락가락했다.

"내래 남조선에 가면 해 보고 싶은 게 많슴. 서울은 맘만 먹으면 무슨 직업이든 가질 수 있다니까. 기술을 배워 돈 많이 벌 거임. 내가 남조선에 가면 만나 줄 거지비, 언니?"

구희가 어깨를 으쓱거리며 물었다.

"어쩜 그렇게 영화 언니랑 똑같은 말만 하니?"

나도 모르게 나온 말이었다.

맞다. 구희를 보는 내내 영화 언니 생각이 났다. 언니도 구희처럼 고생이 많았을 거라는 걸 연길에 와서야 알게 되었다. 언니가 방송에서 거짓말하는 것도 어렴풋하게나마 이해되었다.

"영화 언니가 누구?"

구희가 캐묻듯 물어 피곤해지려는 순간, 간사님이 돌아왔다. 얼굴이 굳어 있었다.

"도희야, 나 좀 봐."

애써 목소리를 부드럽게 한다는 게 느껴졌다. 불길한 예감이 스쳤다. 나는 벌서는 아이처럼 양손을 모은 채 간사님 얼굴을 바라보았다.

"지금 북에 오가는 조선족 정보원을 만나고 오는 길인데…… 권순진, 엄마 이름 맞지? 엄마가 마약 밀매했다는 말이 사실이네. 얼마 전에 혜산시 장마당에서 북한 밀수꾼과 마약 거래를 하다 현장에서 잡혔단다. 연길 교도소에 있다는 말은 오보였던 것 같아. 아마 지금쯤 북에서 옥살이를 할 것 같은데…… 소식 부탁해 놓았으니까 기다려 보자."

간사님은 내 눈치를 보며 어렵게 말했다. 나는 머리가 어질했다.

"분명 엄마가 연길 감옥에 있다고 했어요."

"맞아. 엄마가 연길 시내에 있는 파출소 유치장에 감금된 적이 있긴 해. 그땐 며칠 구류 살다 벌금 물고 풀려났다고 해. 그러곤 북한을 드나들며 마약 밀수를 한 것 같아. 요즘 북한이 워낙 감시가 심해서 마약범은 총살도 한다는데…… 걱정이다."

"아앗! 아녜요. 거짓말이에요. 엄마가 북한을 드나들며 마약 밀수를, 북한에서 옥살이를 할 리가……."

나는 간사님의 가슴을 치며 울부짖었다.

"지금 마약 밀수는 모두가 하는 거야. 살기 위해서는 어쩔 수 없이 다하는 거야. 엄마는 아빠를 빼내기 위해 돈이 많이 필요했을 테고……."

"안 돼요, 안 돼. 북한 감옥에 있다니……."

나는 비명이라도 질러야 살 것 같아 미친 듯이 울부짖었다. 다른 방에 있던 탈북자들의 눈길이 모두 나에게 쏠리는 것도 아랑곳없었다. 거의 발작하다시피 울다 울다 마침내 지쳐 떨어졌다.

이틀 밤낮을 꼬박 잤다. 아니 일어날 수가 없었다. 엄마가 북한 감옥에 갇혔다는 생각만 해도 까무룩 정신을 놓았다. 거기다 총살까지 당했을지도 모른다는 말은 상상조차 하기 싫었다. 절대 그럴 리 없다. 괜히 연길까지 왔다는 생각이 들었다. 서울에서 북녘 하늘을 바라볼 때는 희망이라도 있었다. 그런데 막상 북한 땅이 보이는 곳에 서니 사방에서 나를 옥죄듯 답답한 일뿐이었다.

간사님이 나를 조용히 불렀다.

"여기서 조금만 나가면 무산시가 보이는 다리가 있는데 같이 한번 가 볼래? 너무 실망하지 마. 기적은 기적을 바라는 사람에게 온다니까."

무산시라는 말만 들어도 명치끝이 사르르 떨렸다. 내 속에서는 두 마음이 극렬하게 싸웠다. 더군다나 무산시는 엄마와 같이 건넜던 두만강이 가까운 곳 아닌가.

'난 절대 포기하지 않을 거야.'

나는 벌떡 일어나 배낭을 챙겼다. 힘들더라도 엄마를 가까이서 느껴 보고 싶었다. 아빠의 이름도 소리 높여 불러 보고 싶었다.

"저도 가겠슴다, 간사님."

나 대신 구희가 말했다.

"국경선 쪽이라 구희 너는 안 갔으면 좋겠는데."

"간사님, 말썽 안 피우고 조용히 따라다니겠슴다. 제발……."

간사님은 애원하는 구희의 고집을 꺾지 못했다.

마을을 벗어나 국경선 일대를 달렸다. 도랑같이 작은 강줄기를 따라 중국과 북한의 경계가 나뉘었다. 국경선마다 철조망이 쳐 있었다. 엄마와 강을 건널 때 무시무시하게 느껴지던 철조망이었다.

눈앞의 야트막한 동산만 넘으면 엄마 아빠가 있다는 사실이 믿어지지 않았다. 두 분 다 감옥에서 고생할 생각에 목젖이 뻐근했다.

자동차로 슬슬 돌면서 간사님이 말했다.

"저 철조망 건너편에 초소가 있어. 숨어서 지켜보다가 탈북자가 눈에 띄면 잡는 거지. 브로커에게 돈을 받으면 알면서도 눈감아 주는 거고. 어떤 때는 돈을 받고도 잡아 넘기기도 하지만……. 요즘은 감시가 심해서 탈북하기가 더 힘들어. 지난번 장마 때 왕창 넘어온 뒤로 더욱 그런 편이지."

"나도 밤에 도망치다가 철조망에 다리가 찢겼는데. 살아 있는 것만도 다행이네요. 같이 오던 동무는 어떻게 됐는지……."

구희도 새삼 감회에 젖은 얼굴이었다.

나도 엄마랑 강을 건널 때는 밤중이라 위치를 가늠할 수 없었다. 물이 깊지는 않지만 물살이 굉장히 셌던 것을 보면 지금 눈앞에 보이는 곳은 아닌 게 틀림없었다. 뒤죽박죽 복잡한 생각을 하는 동안 어느새 무산시가 보이는 다리가 나왔다. 가슴이 널뛰듯 쿵쾅거렸다. 북한 땅을 향해 저벅저벅 걸어가도 될 것 같은 착각이 들었다.

"여기가 국경선에서 북한을 가장 가깝게 볼 수 있는 장소야. 내려서 봐."

간사님은 국경선 일대를 수없이 다닌 사람답게 지리를 잘 알았다. 나는 급한 마음에 운동화 끈이 풀린 것도 모르고 철책 가까이로 다가갔다.

다리 너머의 세상을 보니 기분이 묘했다. 나도 모르게 어깨에 멘 붉은 배낭을 벗어 가슴에 꼭 안았다. 이 배낭을 들고 참 많은 곳을 돌아 여기까지 왔다. 나는 다리 가까이에 다가가 고개를 빼고 건너편을 보았다. 100미터 정도나 될까 하는 짧은 다리가 눈앞에 보였다. 폴짝 건너뛰넌 북한 땅일 정도로 가까웠다. 너와지붕 위로 피어오르는 연기도 보이고 냇가에 나와 얼음을 깨고 빨래하는 아낙네도 보였다. 상고머리를 한 사내아이가 소달구지를 끌고 가는 모습도 보였다.

가슴 저 밑바닥에서부터 뜨거운 것이 치밀어 올랐다. 저 다리를 건너기만 하면 엄마를 만날 수 있을 것 같았다. 수용소에 갇혀 있는 아빠도 볼 수 있을 것 같았다. 나도 모르게 다리로 향한 것은 순간이었다. 저벅저벅 힘차게 걸었다.

"도희 언니!"

"안 돼! 도희야."

두 사람의 목소리가 들리는가 싶더니 누군가 내 어깨를 잡았다. 그제야 아차 싶으면서 정신이 번쩍 들었다. 언제 왔는지 중국 공안의 엄중한 경고 소리가 들렸다. 간사님이 중국 말로 상황을 설명했다.

"언니, 나까지 죽일 셈임? 통행증 없이 건너면 큰일 나! 간사님이 관광객이라고 둘러대지 않았으면 어쩔 뻔?"

그제야 구희의 처지가 떠올랐다. 구희는 지금 잡히면 남한행 비행기를 영영 탈 수 없을지도 모른다. 면목이 없었다.

"네 마음은 알지만 위험해. 한국 여권이 있다고는 하지만 쟤들은 막무

173

가내니까 보장 못 해. 정말 큰일 날 일이다."

간사님이 어깨를 다독이며 힘주어 말했다. 간사님도 놀랐는지 목소리가 떨렸다.

"저 다리만 건너면 엄마 아빠가 있어요. 그런데…… 갈 수가 없잖아요."

내가 울먹이자 구희 눈에서 눈물 한 줄기가 툭 떨어졌다. 그 모습을 보자 나도 참았던 눈물이 왈칵 쏟아졌다. 간사님은 한동안 침묵을 지키다 멀찍이 물러났다. 나를 위한 배려였다.

나는 오랫동안 북한 땅을 바라보았다. 하얀 왜가리가 북쪽을 향해 자유롭게 날아갔다. 부러웠다. 곁에서 말없이 북녘 하늘을 바라보던 구희가 말했다.

"언니는 평양에서 잘살았고, 남조선까지 갔으니 나보다 낫다고 생각했는데 언니도 많이 아픈 것 같아. 언니, 그래도 날 보면서 힘내라우. 내래 지금 속으로 얼마나 떨리는지 알기나 함? 라오스행 배를 타고 무사히 태국 대사관에 들어갈 수 있을지 무섭고 떨려서. 암튼 난 지금 남조선 여권이 있는 언니가 세상에서 젤 부럽슴메. 그니까니 힘내서 날 남조선에서 기다리라우. 설마 날 모른 척하지는 않겠지비? 헤헤."

구희가 특유의 장난기를 보이면서도 진지하게 말했다.

구희 말이 맞다. 구희가 꿈꾸는 남조선에서의 삶을 나는 공짜로 얻은 셈이다. 이런 내가 구희에게 정말 미안했다.

철책 너머 엄마 아빠가 있는 북한 땅에서 소달구지를 끌던 아이가 나를 보는 게 눈에 들어왔다. 당장이라도 다리를 건너고 싶었지만 참았다.

감정을 억누르고 손을 흔들어 주었다. 아이도 손을 흔들었다. 문득 은우가 만든 노래가 생각났다.

거센 물살과 암초를 휘돌아. 얍얍
고향으로 향하는
연약하면서도 강한 연어처럼. 얍얍
꿈에 그리던 고향에서
지친 신발을 벗어 놔. 품품

나도 모르게 조용히 신고 있던 운동화를 벗어 북한 땅이 보이는 다리 위에 놓았다.

"나 대신 엄마 아빠에게 가 줘. 강물에 떠밀려서라도…… 가……."

내가 신발을 벗자 구희가 깜짝 놀라 내 어깨를 잡았다. 내가 또 일을 저지를까 놀란 것 같았다.

"저 신발만이라도 엄마 아빠가 사는 고향에 갔으면 좋겠다."

찬바람이 볼을 스쳤다. 헐벗은 산이긴 하지만 고향의 정취를 더 느끼고 싶었다. 한참 소리 없이 울고 났더니 이상하게 새 기운이 돌았다. 나는 뒤돌아서서 맨발로 걸었다. 발바닥에 닿는 차가운 땅의 촉감이 좋았다. 산등성이에 앉은 저녁노을이 붉게 타올랐다.

다음 날 아침이 되자 아지트가 술렁댔다.

"구희는 라오스행 팀에서 말썽 부리지 않고 잘 따라야 한다. 이번에는 성공해야 하는데 걱정이다. 요즘은 제3국으로 가는 길도 감시가 살벌해졌다는데."

간사님의 걱정스런 말을 듣던 구희가 특유의 목소리로 날 찔렀다.

"도희 언니는 좋겠슴. 비행기로 남조선에 갈 수 있어서. 으, 악어가 나오는 콩고강 생각만 해도 끔찍해. 그래도 이번엔 성공해야지."

구희가 진저리를 치면서도 주먹을 불끈 쥐어 보였다.

험한 길에 오르는 순간에도 씩씩한 구희가 대단해 보였다.

나는 안타까운 마음으로 구희 손을 꼭 잡았다.

"구희야, 무사히 서울까지 꼭 와."

나는 구희에게 뭐라도 주고 싶어 주머니에 넣고 다니던 연어 조각을 줬다. 아저씨가 내게 연어 조각을 줄 때의 심정이 이해되었다.

"이 조각이 행운을 안겨 줄 거야! 연어가 힘차게 자기 갈 곳을 찾아가듯 너도 서울까지 힘차게 와! 기다릴게."

"고마워, 언니. 내가 서울에 가면 꼭 언니 찾갓슴. 모른 척하면 컉!"

구희가 일부러 목에 손을 긋는 흉내를 내며 웃었다.

나는 구희를 꼭 안아 주었다. 거실에서 미리 챙겨 놓은 짐꾸러미를 들고 온 구희를 보니 영화 언니가 생각났다. 서울에 가면 다시 언니를 만나 깊은 이야기를 나누고 싶었다.

라오스 국경 지대로 먼저 떠날 사람들이 조심스럽게 움직이고 있었다. 얼굴에 긴장감이 감돌았다. 구희가 마지막으로 나갔다. 우리는 말없이 꼭 안았다. 구희가 떨고 있었다. 가슴에 알 수 없는 바람이 일었다.

나는 방으로 들어와 붉은 배낭을 꺼냈다. 피붙이 같다는 생각이 들었다. 내가 가는 곳이면 어디든 따라다니던 동지 같은 배낭. 이제 너무 낡아 더는 가지고 다닐 수 없을 것 같았다. 서울에 가면 새 배낭을 구입해야겠다.

'엄마, 내일이면 서울로 돌아가요. 여기까지 와서도 엄마를 못 만났지만 얻은 것도 많아요. 이제 더는 난민처럼 떠돌지 않을게요. 엄마 아빠를 만나는 그날까지 뿌리내리며 살게요. 우리 꼭 만나요.'

작가의 말

　어느 날, 운명처럼 탈북 친구들을 만나게 되었습니다. 호기심으로 시작된 그들과의 만남이 어느덧 8년이 되어 갑니다. 그들의 많은 사연을 접하며 울고 웃었습니다. 뜨거운 가슴으로 그들의 이야기를 소설 혹은 동화로 풀어냈습니다.

　'남과 북 청소년의 다리'가 되길 바라는 마음으로 쓴 작품을 읽은 독자들이 저를 만날 때마다 하는 이야기가 있었습니다.
　"탈북 청소년들에게 이토록 아픈 사연이 있는 줄 몰랐어요. 알게 해 주셔서 감사해요."
　독자의 반응에 보람도 컸지만 또 다른 숙제를 안은 느낌이었습니다. 통일이 되기 전까지는 끝나지 않는 아픔이라는 걸 알기 때문입니다.

　'탈북 난민' 이야기는 오랫동안 제 가슴속에서 꿈틀대던 씨앗이었습니다. 대부분의 탈북자들이 죽음의 강을 건너 인천행 비행기만 타면 '불행 끝, 행복 시작'이라고 믿습니다. 아니 그러길 고대합니다. 현실은 반대일 때가 많습니다. 이방인처럼 떠돌던 그들은 모든 것이 낯설고 힘들어 어찌할 줄 몰라 합니다. 결국 '난민'의 길을 택해 도망치듯 달아나는 친구를 보며 충격을 받았습니다.

'미리 온 통일'이라 칭하는 탈북 청소년들마저 이 땅에 뿌리내리지 못한다면 통일은 너무도 먼 이야기일 테니까요. 안타깝고 아팠습니다. 그 마음으로 씨앗에 물을 주고 싹을 틔웠습니다. 꽃이 피길 바라는 마음을 담아 내보냅니다.

어찌 보면 난민은 북에서 온 친구들만이 아닐 것입니다. 입시와 진로라는 무거운 짐을 양 어깨에 짊어진 이 시대의 청소년들 또한 난민이 아닐는지요? 떠밀리듯 캐나다로 유학을 온 은우의 고백처럼 말입니다.

"나도 어쩌면 난민인지 몰라. 대한민국에서 도망쳐 와 캐나다 땅을 떠돌며 사는 건 마찬가지니까. 너는 평양에서, 나는 서울에서 왔다는 것만 다를 뿐. 너와 난 난민 공동체인 셈이지."

아쉬움이 있다면 이 소설의 주인공인 도희가 수없이 많은 길을 돌고 돌았지만 고향인 '평양' 땅을 밟지 못한 점입니다. 가까운 미래에 그날이 오기를 바랄 뿐입니다. 저도 그때는 '붉은 배낭'을 메고 친구들의 고향에 가 보고 싶습니다.

친정처럼 따뜻한 마음으로 책을 만들어 주신 뜨인돌 출판사에 진심으로 감사드립니다.

　이 글을 쓰는 동안 '유령처럼' 앉아 있는 나를, 늘 걱정해 주던 남편에게 미안하고 감사하다는 말을 전하고 싶습니다. 당신이 있어 버틸 수 있었습니다.

2017년 2월

대학로에서 박경희